파이 굽는 엄마

무한한 기쁨을 주는 인생 레시피

파이 굽는 엄마

김요한 글 | 유재호 사진

바이북스
ByBooks

To Mom
World's greatest teacher,
pie maker, and Mom.

이 세상 최고의 엄마, 스승,
그리고 파이 메이커인 엄마에게 드립니다.

감사의 글

글을 쓰는 일도 일종의 노동이라고 할 수 있지만 즐거움이 더 크기 때문에 할 수 있는 것 같습니다. 물론 저는 늘 부족함을 느낍니다. 저는 평범한 글쟁이로 그냥 세상을 보는 대로, 제가 느끼는 대로 그렇게 글을 쓸 뿐입니다. 그렇기 때문에 저의 글을 읽어주는 독자가 있다는 사실이 신비롭고 감사할 따름입니다.

저에게는 부모님처럼 큰 힘이 되어주신 분이 없습니다. 부모님께서는 사랑으로, 기도로, 언제나 그 자리에서 가장 든든한 후원자가 되어주셨습니다. 특히나 외국인인 엄마가 한국에서 살아오신 세월들을 생각하면 참으로 눈물이 납니다. 그런데도 전혀 불평하는 마음 없이 늘 즐거움과 감사와 긍정적인 삶을 살아주신 것이 정말 큰 힘이 됩니다.

이 책이 나오기까지 힘을 보태주신 분들도 눈물겹도록 많았습니다.

　(사)와플의 식구들, 그리고 특별히 김홍대 실장님이 저와 출판사 사이에서 세세한 일들을 꼼꼼히 챙겨주었고, 본문 중 〈아빠의 숲〉은 극동방송의 이혜린 사원이 영문을 번역했으며, 제 아내 제니(Jenny)도 마지막 교정까지 사진의 선택과 배열을 위해 도움을 주었고, 오랜 시간에 걸쳐 엄마의 모습을 사진으로 담아주신 유재호 작가님께서 크게 기여해주셨습니다.

　추천사를 써주신 김준 선생님, 신성철 KAIST 총장님, 윤여정 배우님, 이미경 CJ 부회장님께 깊은 감사를 드립니다.

　끝으로 바이북스의 윤옥초 대표님을 비롯한 모든 출판사 직원들께서 너무나 고생하셨고, 저를 그동안 믿어주시고 밀어주신 사랑이 참으로 큽니다.

　앞으로도 독자들의 삶이 더 풍성해지고 행복해지는 글을 쓸 수 있도록 힘쓰겠습니다.

김요한

프롤로그

3.1415926535….

원주율은 원의 지름에 대한 둘레의 비율을 나타내는 수학 상수다. 수학과 물리학의 여러 분야에서 쓰이는 원주율은 그리스 문자 π로 표기하고 '파이'라고 읽는다. 원주율의 값은 순환하지 않는 무한소수이기 때문에 근삿값으로 3.14를 사용한다.

재밌는 사실은 '파이'를 발음하는 경우 서양 사람들이 만들어 먹는 대표적인 디저트(Dessert) 중에 하나인 파이(Pie)와 발음이 같다는 것이다. 더군다나 흥미로운 사실 하나가 바로 우리 엄마의 생신이 3.14, 즉 3월 14일이라는 것이다. 그러고 보니 엄마는 파이를 만들기 위해 태어난 운명인 걸까?

어쩌면 파이를 구울 때마다 그 자리에 진동하는 파이 향처럼 사

람의 마음을 따뜻하게 해주는 것도 없다. 김이 모락모락 나며 오븐에서 갓 나온 따끈따끈한 파이 한 조각의 맛이란, 음… 말로 함부로 표현할 수 없을 정도다.

엄마의 삶 자체가 그러했다. 엄마는 가족은 물론, 가까이에 있는 사람들에게 언제고 즐거움을 선물해주는 '달인'이었다. 파이를 만드는 즐거움이 결국 나눔의 즐거움으로 이어졌다고 할까?

엄마의 탄생과 엄마가 살아온 인생 그 자체는 이 세상을 향기롭게 채우는 가장 경이로운 선물이다. 순환하지 않는 무한소수인 수학의 '파이'처럼 엄마의 파이 역시 내가 보기엔 무한한 기쁨을 세상에 주고 있다.

1
부

일
(Work)

엄마는 항상 바쁘다. 집에서도, 파이 가게에서도, 학교에서도
무엇이든지 열심히 하시는 엄마의 모습을 발견하기란 어렵지 않다.
이렇듯 엄마는 언제 봐도 참으로 부지런하신데, 그런 습관이
아예 몸에 배인 듯하다. 다른 사람을 위해 일하시는 엄마의 모습은
때론 아름다운 춤처럼, 때론 거룩한 의식처럼 보이기도 한다.
그렇게 여러 가지 일을 하시지만 그중에서도 엄마가
가장 즐기는 일 중에 하나가 빵과 파이를 굽는 일이다.

Hands to work, hearts to God.

━━◉━━

'마음은 하나님을 향하고, 손은 이웃을.' 부엌에 액자로 걸린 이 말처럼 엄마의 손은 많은 것을 이야기해준다. 20대에 고향인 미국을 떠나 한국이란 낯선 나라에 와서 새로운 문화와 언어에 적응하면서 시집살이는 물론, 혼혈 아이 셋을 키운 그런 이야기들 말이다.

엄마가 수고한 순간들, 엄마가 고생한 흔적들, 엄마의 지나온 세월들. 그리고 그 외에도 어쩌면 엄마의 손이 말해주는 것들이 또 있다. 엄마가 좋아하는 것, 엄마가 사랑하는 것, 엄마가 기뻐하는 것, 그리고 엄마의 앞치마.

특히 그리 눈에 띄지 않아도 언제나 그 자리에 있는 앞치마는 역시 많은 것을 말해준다. 엄마는 앞치마를 두르며 하루 일과를 시작하시고, 그 앞치마를 풀며 하루를 마무리하신다.

HANDS TO WORK
HEARTS TO GOD

엄마의 손과 엄마의 앞치마, 뭔가 서로 닮았다.
그래서 볼 때마다 나를 웃음 짓게도 눈물 흘리게도 한다.

엄마의 망가진 손

엄마의 손은 거칠고 손가락의 어느 마디 하나 성한 곳이 없다. 그만큼 엄마의 손은 볼품 없고 많이 닳아 있다고 할까? 평생을 고생한 흔적이 쉽게 확인된다.

지난 수십 년 동안 워낙 손을 많이 쓰셨기에 여기저기 울퉁불퉁 망가진 손. 여성이라면 다른 사람에게 감추고 싶을지도 모르겠지만, 누가 뭐래도 나에겐 세상에서 가장 아름다운 손이다.

엄마라고 다른 사람들처럼 손톱 관리도 해보고 싶은 마음이 왜 없겠는가. 그렇지만 엄마는 그럴 만한 여유가 없다. 돈이나 시간이 없어서라기보다는 폼도 안 나고 소용이 없기 때문이다.

아무리 손 관리를 하고 네일 아트를 해도 엄마의 손이 순식간

에 예뻐지지 않겠지만, 나에겐 여전히 엄마의 손이 한없이 자랑스
럽고 또 아름답다.

오늘도 그 손은 파이 가게를 찾아올 손님맞이 준비에 분주하게
움직인다. 그렇게 따끈따끈한 머핀과 과자와 파이를 만들어서 고
객들의 입가에 미소를 머금게 해준다.

이렇게 미소를 만드는 손이 자랑스러운 것은 당연한 것이고,

어쩌면 세상에서 가장 아름다운 모습이 아닐까?

파이 굽는 장비

파이를 굽기 위한 기본 장비들은 항상 그 자리를 묵묵히 지키며, 그렇게 자신의 일을 말없이 감당한다. 크게 볼품 없어 보이는 요상한 모양의 장비와 도구들이 하나둘 모여서, 소리 없는 희생으로 맛있는 빵과 파이를 날마다 만들어주고 있는 것이다.

그 도구들이 아니라면 세상에 나올 수 없는 작품들이 매일 탄생한다. 크게 볼품 없어도, 드러나지 않아도, 누구 하나 제대로 알아주지 않아도, 칭찬받지 못해도 항상 그 자리에 있다는 것 자체가 고맙고 고마울 따름이다.

오늘도 사람의 손과 파트너가 되어서, 엄마의 손과 호흡을 맞추어

우리의 몸과 마음에 기쁨을 주는 이름 모를 장비와 도구들.

이름도 없이, 빛도 없이, 오늘도 그 자리를

지켜주고 있음에 어떻게 감사하지 않을 수 있을까?

손놀림

반죽을 하는 엄마의 손놀림은 그야말로 예술적이다. 용기 안에 있는 재료를 골고루 섞어주기 위해서는 젓는 속도가 매우 빨라야 하는데, 여러 가지 재료가 수많은 회전을 하며 섞인다.

물론 요즘은 기계를 사용해 많이 편리해졌지만, 과거에는 손으로 다 해야만 했다. 엄마는 그 일을 너무 오래 하신 탓에 이젠 손목 힘도 예전 같지 않다.

이렇게 반죽이 끝나면 거의 완성 단계에 이른 셈이다. 하지만 '인생은 타이밍'이란 말이 있듯이, 오븐에 들어갈 그릇에 내용물을 옮기는 것 역시 타이밍이 중요하다. 모든 재료가 골고루 그리고 부드럽게 섞인 상태여야만 붓기도 편하고 맛도 좋아지기 때문이다.

파이 한 판을 위해서도 이처럼 철저한 준비 과정이 있어야 하듯이, 우리 삶에도 반복에 반복을 더해야 하는 일이 있다. 그래서 달인이 되기까지는 '1만 시간의 법칙'이 있다고 하지 않던가. 결국 반복을 즐겨야 뜻을 이룰 수 있다는 의미이다.

그러고 보면 인생은 수많은 반복의 결과인 셈이다. 하지만 그 과정에 내가 의미를 더하는 것 또한 중요하다. 무의미한 반복이 아니라 목표가 있고 꿈이 있는 반복이 될 때, 그 결과는 달라질 수밖에 없기 때문이다.

어떤 것에 오랜 시간 정성을 들여 반복을 할 때 의미 있는 결과물이
세상에 탄생한다는 것을 잊지 말아야겠다.

파이의 밑바닥

파이의 맛을 결정짓는 것은 위에 올린 화려한 장식이나 속에 들어 있는 내용물보다도, 오히려 보이지 않는 바닥인 '크러스트'라고 할 수 있다. 크러스트가 너무 두꺼우면 파이에 들어간 내용물 맛보다 밀가루 맛이 더 강하게 느껴지기 때문에, 크러스트가 얇을수록 좋다.

하지만 크러스트는 바닥에 깔려 숨겨져 있다. 눈으로는 거의 확인이 불가능한 가장 낮고 어두운 곳에 자리한다. 그렇다고 겉으로 보기에 더 화려해 보이는 파이의 다른 부분보다 보잘것없는 것은 분명 아니다.

파이의 맛을 결정짓는 것은 보이지 않는 크러스트에 있다고 늘 이야기하시는 엄마의 말처럼, 보이지 않는 것이 더 중요할 때가

있다.

　그런데 눈에 거의 띄지 않다 보니, 파이를 만들 때 그 밑바닥을 가장 소홀히 하기 쉽다. 까딱 잘못하면 두꺼운 밀가루 층을 만들어, 맛도 맛이지만 건강에도 도움이 안 되는 결과를 낳는다.

　여기서 난 새로운 인생 레시피를 발견한다. 눈에 띄게 보여지는 것보다 잘 보이지 않는 것에 더욱 마음을 써야 한다는 것을.

누가 알아주는 일보다
알아주지 않는
밑바닥에 더 관심을
가져야겠다.

가장자리

파이의 크러스트를 만드는 과정 중에서 그릇의 가장자리 부분을 깔끔히 정리해주는 날카로운 도구를 사용하는 단계가 있다.

불필요한 부분을 잘라내는 것이라고 할까? 나무를 관리하는 데 비유하자면 일종의 가지치기라고 할 수 있다.

파이 하나를 만들 때에도 오븐에 들어가기 전에 모양을 다듬는 과정이 필요하다. 그만큼 처음도 중요하듯이 마지막 순간 혹은 마무리도 중요하다.

마지막이 아름다운 인생이 되었으면 좋겠다.

시작만 화려하고 폼 나는 인생이 아니라 마무리까지 아름다운 그런 인생 말이다.

잘라버리는 부분에서도 인생 레시피 또 하나를 배운다.

남았지만 남지 않은 것

엄마가 떼어낸 크러스트 끝자락은 그냥 버려지는 법이 없다. 대부분 다른 파이를 위한 크러스트로 사용된다. 엄마의 손에서 버려지는 것은 거의 없는 셈이다.

이렇듯 엄마는 낭비를 잘 모른다. 달리 말하면 우리가 놓치기 쉬운 작은 것조차 소중히 여긴다는 의미다.

흔히 버리기 쉬운 크러스트 끝자락이 마지막 단계에서 처음으로 돌아가, 다른 파이로 완성이 되어 새롭게 세상에 나오게 된다. 남았지만 남지 않은 것이다.

사람들이 그토록 목숨 거는 스펙, 순서, 서열, 욕심 등에
파이는 아랑곳하지 않을 뿐만 아니라,
거기에 별다른 관심조차 아예 갖지 않는 듯싶다.

그깟 순서나 서열 따위에 마음이 흔들리지 않고, 자기를 알아주든 말든 자신의 품위를 지키는 크러스트의 모습에서 배울 점이 참 많다.

모든 것이 주인의 손에 달려 있음을 믿고 있기에,
그렇게 자신을 맡기는 파이처럼 나도 모든 것을 믿고 맡기는
삶을 살아야겠다고 다짐한다.

디테일

파이의 가장 '하부 조직'인 크러스트를 만드는 마지막 순간에 엄마는 약간의 장식을 더한다. 기술도 기술이지만 작은 '센스', 요즘 말로 하자면 '촉' 같은 거라고 하겠다.

비록 화려한 장식은 아니지만, 구워진 파이를 보는 순간 보는 이의 눈을 즐겁게 해주고 입가에 미소를 띠게 한다. 특별한 디자인은 아니라도 가치를 더해주는 '터치'인 셈이다.

우리가 살아가는 세상도 그렇지 않을까?

작은 것은 놓치기 쉽다. 그래서 디테일한 부분까지 놓치지 않으려면 섬세함이 요구된다. 특히 인간관계에서 그렇지만, 다른 모든 일도 마찬가지다.

누가 시키지 않아도 알아서 일을 하고, 아무도 알아주지 않는 일을 하고, 안 해도 그만이지만 필요한 일을 할 때 우리 주변은 그만큼 아름다워질 수 있다.

가벼운 터치가 평범한 작품을 걸작으로 바꾸는 마법을
엄마의 파이를 통해 배운다.

Stirring

영어로 'stirring'이라고 하는 과정은 모든 재료를 '섞거나 뒤엎는' 것이다. 반죽이라고 볼 수 있는데, 우스갯소리로 반죽의 뜻을 '반쯤 죽이는 거'라고 하지 않던가? 아마도 반죽의 과정을 지나면 그런 상태가 되는가 보다.

생각해보면 얼마나 힘들고 얼마나 어지러울까. 세상이 뒤집히는 과정이지만, 반죽은 뭐라고 불평 한마디하지 않는다. 그저 순수히 주인의 손길에 자신을 맡길 뿐이다. 달리 방법이 없으니 그저 자신의 운명을 맡기는 셈이다.

하지만 그 과정을 거쳐야만 부드러워질 수 있다. 반쯤 죽어야 결국 부드러워지고, 비로소 사람들에게 행복을 선물해줄 수 있게 거듭날 수 있는 것이다.

나는 나를 그렇게 죽이고 부드럽게 거듭나서
다른 사람에게 행복을 주고 있는지 다시 한번 되돌아보았다.

베이킹 장비

파이를 만드는 데 사용하는 크고 작은 장비들은 그야말로 가지각색이다. 하지만 어느 것 하나 불필요한 장비, 쓸모 없는 도구는 없다. 제각각 자기의 역할을 다하기 때문이다.

사람도 그렇지 않은가? 세상이 뭐라고 해도 쓸모 없고 하찮은 존재는 없기 마련이다. 크든 작든 각자의 역할이 있고, 그것이 어우러져야만 제대로 성과를 낼 수 있다.

그런데 장비들은 서로 다르다고 헐뜯거나 비난하지 않는다. 그저 자신의 자리를 지키며 각자의 역할에 충실할 뿐이다. 그래야만 맛있는 파이가 세상에 등장하게 되니까 말이다.

우리는 자신이 지금 해야 할 일에 충실한가,
아니면 다른 사람과 자신을 비교하며
불평하고 있지는 않은가?

엄마의 앞치마

엄마를 생각하면 떠오르는 것들이 많지만, 그중에 하나가 언제나 앞치마를 두르고 계신 모습이다. 물론 엄마는 정장을 입으시든, 한복을 입으시든, 몸빼 바지를 입으시든, 모두 다 잘 어울리신다.

그런데 내 기억에 엄마를 떠올리면, 앞치마를 두르고 계시는 모습이 가장 많다. 재밌는 사실은 때로는 정장 위에 앞치마를, 때로는 한복 위에 앞치마를, 때로는 몸빼 바지 위에 앞치마를 두르고 계시는 경우도 적지 않았다는 것이다. 그만큼 부엌에서 혹은 학교 커피숍이나 주방에서 언제나 분주하게 일하실 때가 많았다.

그렇게 땀을 흘려 쉴 새 없이 일을 하신 것은 특수 아동들을 돕고 싶은 마음 때문이다. 엄마는 마음을 다해 장애인이나 비장애인이 똑같이 교육을 받을 수 있는 환경을 최대한 만들어주고 싶어 하셨다.

평생 엄마는 꿋꿋이 그 일을 해오셨다. 정성을 다하고 온몸을 다해서 말이다. 파이 한 판을 굽는 일이든, 과자나 머핀을 만드는 일이든 그 속에는 엄마만의 아름다운 사랑의 손길이 있었다.

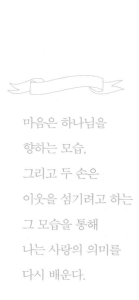

마음은 하나님을
향하는 모습,
그리고 두 손은
이웃을 섬기려고 하는
그 모습을 통해
나는 사랑의 의미를
다시 배운다.

엄마의 교통 수단

아빠는 늘 자동차로 이리저리 바쁘게 다니셨는데, 엄마는 걷기를 좋아하셨고 대중교통을 선호하셨다. 버스, 지하철, 택시를 타실 때도 있지만, 웬만한 거리는 가급적 걸어 다니셨다. 우리가 어릴 때는 우리를 등에 업고 걸으셨을 정도로 건강한 두 다리, 그게 엄마의 교통 수단이었다.

걸으면 사색이 가능하다. 느린 만큼 마음에 여유가 생기기 때문이다. 하지만 요즘은 좀처럼 걷기가 어려운 세상이다. 다들 바쁘고, 급하다. 최대한 빠른 교통편을 선호하는 이유도 바로 여기에 있다.

빨리 가면 좋은 점도 있지만, 손해 보는 것도 있다. 엄마에게 있는 여유…, 사색할 수 있는 마음…, 다른 사람을 생각할 수 있는 기회…, 자신을 돌아볼 수 있는 시간… 이런 것을 놓칠 수 있기 때문이다.

정말 놓치는 것이 적지 않다. 비행기를 타면 원체 땅에 있는 사물은 작기 때문에 눈에 들어오지도 않는다. 고속 열차를 타도 풍경을 제대로 보긴 쉽지 않다. 무궁화 열차 정도는 타야 자연을 즐길 수 있다. 하지만 자전거를 타거나 걸을 수 있다면 최상이다.

그런데 엄마는 이제 잘 걷지 못한다. 몸이 허약해지셨기 때문이다. 더군다나 항암 치료도 받고 있다. 그것도 몇 년째인지조차 모를 정도다.

예전에는 엄마랑 참 많이 걸었었는데. 이제는 같이 걷자고 할 수도 없다. 하체에 힘을 많이 잃어 금방 피곤해지시기 때문이다. 걱정이다.

비록 엄마는 잘 걷지 못하시지만, 나라도 부지런히 걸어야겠다. 아무리 바빠도 엄마처럼 걷도록 노력해야겠다. 그래야 하체를 튼튼히 해서 엄마를 업어드릴 수 있을 테니 말이다.

빨리 가면 좋은 점도 있지만,

손해보는 것도 있다.

엄마에게 있는 여유…

사색할 수 있는 마음…

다른 사람을 생각할 수 있는 기회…

자신을 돌아볼 수 있는 시간…

이런 것을 놓칠 수 있기 때문이다.

그 열 발자국

2006년 늦가을, 엄마가 강연을 위해 뉴욕을 방문하셨을 때의 일이다. 엄마가 갑자기 허리에 심한 통증을 느껴 급히 입원하시게 되었다.

하지만 의사 선생님은 진단 결과, 다발성 골수종(multiple my-eloma)으로 이미 진전이 많이 되어 3기 암이라고 진단했다. 결국 엄마는 곧바로 수술을 받고 한동안 항암 치료와 방사선 치료를 받으셨다.

그래서 평소에 걷기를 그렇게 즐기시던 엄마셨는데, 마음껏 걷지 못하는 모습을 보니 한없이 안타깝기만 했다. 예전처럼 다시 걸으실 수 있을지, 엄마와 같이 산책을 할 수 있을지, 이러한 질문들이 내 마음을 채우기 시작하면서 눈물을 참을 수 없었다.

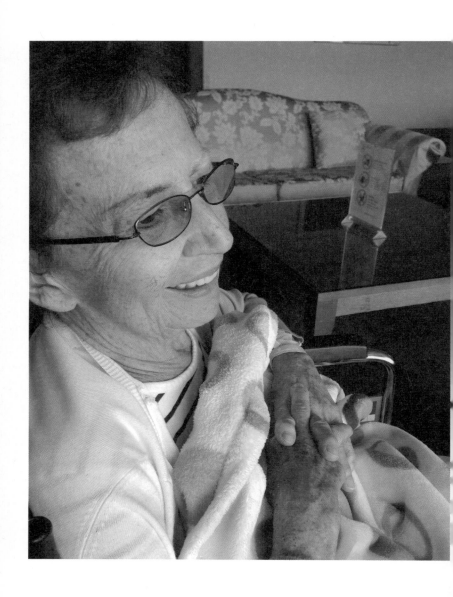

내가 엄마 수발을 마치고 공항을 향해 떠날 때마다 엄마는 어렵게 발걸음을 떼어 문밖까지 가까스로 배웅을 나오셨다. 엄마께 마지막으로 인사를 하고 엄마를 끌어안을 때 뺨을 적시며 흘러내리는 눈물을 숨기느라 혼이 났던 순간이 아직도 기억에 남는다.

　　그렇게 엄마와 헤어져 자동차에 오르기까지의 몇 발자국은 왜 그토록 고통스럽고 멀게만 느껴졌는지….

아마도 엄마와 헤어져
발걸음을 옮기던 그 열 발자국이
내 인생에 있어서 가장 힘들고 멀게 느껴졌던
열 발자국이 아니었을까 싶다.

엄마의 고향

엄마의 고향은 '미시건'주이다. 호수가 많기로 유명한데, 어린 시절에 큰 호수, 작은 호수를 가리지 않고 많은 시간을 차디찬 물 속에서 보내셨다고 한다.

그러니 엄마가 수영을 좋아하는 것은 당연하다. 그만큼 물이랑 친하셨기 때문이다. 태평양을 건너 그 머나먼 한국으로 시집을 오신 것도 그 때문일까? 그 많고 많은 물을 건너야만 했으니까 말이다.

그런데 엄마의 고향은 참으로 아름답기 그지없다. 엄마의 눈을 보면, 그 눈 속에 미시건의 호수들이 보이는 것 같다. 다른 사람들의 아픔을 볼 줄 아는 엄마의 눈, 다른 사람들과 같이 눈물을 흘릴

줄 아는 눈. 엄마의 눈은 마치 미시건 호수를 닮았다.

엄마 눈 속에 그 많은 호수의 물을 마치 간직하고 있는 것만 같다.

그래서 엄마의 눈은 미시건 호수보다도 더 아름답다.

정말 눈부시도록 아름답다.

아빠의 숲

엄마가 고향에 대해 쓰신 글이 있다. 고향에 대한 그리움과 어린 시절에 대한 추억을 내가 전하기엔 한계가 있어 그대로 옮겨본다.

누군가 내게 어린 시절의 기억 중에서 가장 좋아하는 부분을 꺼내 보라고 한다면, 조용한 일요일 오후의 산책을 꼽겠다. 미시간주 레이크뷰의 우리 집에서 몇 마일 안 되는 거리에는 숲이 예쁘게 우거져 있었는데, 여름과 가을에 거닐기에 딱 좋았다. 내 기억으로 큰오빠는 일요일 오후에는 대부분 집에 남아 공부를 하곤 했다. 오빠는 평일에도 등록금 마련을 위해 일하며 그 돈을 다 저축할 만큼 성실했고, 그런 오빠에게 주말은 꼭 공부를 해야만 하는 시간이었을 것이다. 큰오빠는 늘 바빴기 때문에 주로 언니 페기와 남

동생 허브, 아빠와 함께 손을 잡고 걸었다.

여기저기 흩어진 나뭇잎과 솔잎 사이를 걸으면 바삭바삭한 소리가 났는데, 누가 가장 큰 소리를 내는지 보는 것은 꽤나 즐거웠다. 최선을 다했지만 나는 남동생만큼 소리를 내지도 못했고, 당연히 내 소리는 우리 가족 중에서 가장 작았다. 아마 가장 큰 발을 가진 사람이 가장 큰 소리를 낼 수 있었던 게 아닌가 싶다.

일요일은 항상 즐거웠다. 가끔 교회 강연자를 우리 집 저녁 식사에 초대하기도 하고, 리다 이모의 시골집에 들르기도 했으니까. 하지만 나는 자유롭게 걸으며 이야기를 나눴던 그 시간, 오후의 신선함 속에서 함께했던 그 시간이 가장 좋았다.

삶의 계획과 꿈에 대해 이야기하며 함께 내딛던 그 모든 걸음들은 내게 가장 소중한 추억이자, 가장 즐거운 취미로 자리 잡았다. 여전히 가족, 혹은 두세 명의 사람들과 같이 걷는 것이 즐겁다. 함께 있으면 함께 걷고 싶다. 친구들과 걷는 것도 좋고, 혼자 걷는 것조차도 좋다. 운전하는 것보다도 더. 지금은 손주들과 함께 걷는다. 이 즐거운 시간을 사람들과 나누고 싶고, 남편과 딸, 아들들과 같이 걷는 것이 참 좋다. 공기와 햇살을 느끼는 것만으로도 상쾌하고 기운이 북돋아지고, 이른 아침이나 저녁에 걷는 것은 사랑해 마지않는다. 걸을 때 나눌 수 있는 이야기와 추억이 너무나 소중해서,

길든 짧든 시간은 중요치 않아진다.

종종 혼자 걸을 땐 지금까지 해온 일과 앞으로 하고 싶은 일에 대해 생각한다. 창조주와 벗이 되는 시간이자, 생각하는 이 시간을 선물해주심에 온전히 감사할 수 있는 순간이다. 아빠와 페기, 허브와 함께했던 그때부터 이 모든 것이 시작되었다. 우리는 식물과 나무와 새, 혹은 곳곳에서 종종걸음 치는 작은 생명체들까지, 그들의 이름을 배웠다. 때론 특이한 식물과 야생화를 보기도 했는데, 숨이 멎을 것 같던 그 순간을 잊을 수가 없다.

아빠는 사람을 사랑했고, 미시간에서의 당신의 유년 시절을 우리에게 들려주는 것을 좋아하셨다. T형 포드 자동차를 몰던, 지금보다 훨씬 '어린 어른'이었던 시절의 이야기를 말이다. 그중엔 교회에 걸어갈 수 없을 만큼 눈이 쌓여 말과 마차를 타야 했던 이야기도 있었다. 여담이지만, 그 마차가 고급은 아니었을 것 같기도 하다.

우리는 어떤 날엔 소풍 도시락을 챙기기도 했고, 몬트칼 카운티의 평화로운 타마락 호수에서 수영을 하기도 했다. 호수 한가운데에도 작은 섬이 있었고, 작은 고무보트의 노를 저으며 섬으로 향할 때 해적이나 모험가 흉내를 내곤 했다. 호수나 아주 작은 섬에선 무엇을 찾을 수 있을까. 나는 그 모든 것들을 상상했다. 가끔씩 나타나는 큰 늑대거북이들과 우리가 고무보트를 가지고 있다는 사실이 나를 기쁘게 했다.

엄마는 주로 집에서 독서를 하거나 친구, 친척들과 한담을 나누며 시간을 보내는 것을 더 좋아하셨다. 하지만 우리는 아빠의 숲을 걸으며 희망과 꿈을 나누는 것의 즐거움을 알아버렸기에 그냥 집에 있을 수만은 없었다. '걷는다'는 것은 상쾌하고 좋은 운동이었지만, 그 이상의 의미가 있었다. '걷는다'는 것은 누군가와 함께한다는 것이었다. 우린 서로의 마음을 나누고, 웃고, 들으며 그 모든 순간에서 '경청'을 배웠다.

우리 모두에게 자녀가 생겼을 만큼 많은 시간이 흘렀지만, 우리 아들딸들도 함께 걷고 이야기하며 울고 웃는 것을 즐겼으면 하는 마음은 변하지 않았다. 우리 모두가 각자의 길을 걷고 있지만, 여전히 서로 만나면 걸으며 무언가를 나누는 것을 좋아한다. 그게 이야기든, 추억이든 간에 말이다. 여전히 서로의 마음속엔 추억과, 추억 속의 서로가 있다. 아이 같은 구석을 간직한 채로, 그렇게 우리의 시간이 흘렀다.

이 기억들은 결코 멀리 있지 않다. 나는 여전히 걷는 게 좋다. 손을 잡고 걸음과 이야기를 나누며, 때론 조용한 침묵조차 즐길 수 있다는 것은 나와 같은 마음인 사람들이 존재하기 때문이리라. 내겐 이 모든 것들이, 나의 전부다.

사람들 특히 식구들과 걷기를 좋아하시던 엄마의 글을 읽으니 새삼스레 엄마와 함께 걸었던 길들이 떠오른다. 나에게도 너무도 소중한 추억이다.

한 번의 포옹

엄마가 미국 새색시로 인천항에 아버지와 함께 귀국할 무렵 부두 앞에서 기다리고 있었던 사람들은 자그마치 수십 명에 가까웠다고 한다. 그만큼 미국 처녀와 한국 총각이 결혼하는 것이 그 당시에는 꽤 큰 뉴스거리였기 때문이었다.

그 자리에 있던 모든 사람들은 신혼부부를 환영해주기 위해서 기다리고 있었으나 19일 동안 태평양을 건너 한국행 배를 타고 오는 엄마에게는 긴장의 연속이었다.

특히 말도 통하지 않는 할머니(시엄마)가 어떻게 받아주실지, 대화가 어떻게 가능할지 궁금해하셨다. 감사하게도 엄마의 초조한 마음이나 두려운 마음은 오래가지 않았다. 배에서 막 내린 아버지를 안아주신 할머니는 엄마를 한눈에 알아보고 달려와 안아주셨다고 한다.

말 한마디 통하지 않았지만, 친할머니께서 엄마를 끌어안아주시는 순간 엄마의 마음속에 있었던 모든 두려움은 날아가버렸고 엄마를 가슴으로 환영해주신 할머니의 사랑을 느낄 수 있었다고 한다.

오늘이 가기 전에 내 주변에 내 포옹이 필요한 사람이 있다면
한번 안아주시기를. 한 번의 포옹은 열 마디의 말보다
더 큰 사랑을 전할 수 있다.

그 엄마에 그 아들

엄마는 열세 살 때 운전을 하고 싶어 매일 할아버지를 졸랐다고 한다. 하지만 조기 면허를 받을 수 있는 열다섯 살이 되려면 2년이나 남은 엄마는 하루가 멀다 하고 할아버지를 졸라 결국 할아버지가 운전을 조금씩 가르쳐주셨다고 한다.

그런데 어느 날 엄마는 호기심에 할아버지 몰래 차를 몰고 나갔다가 대형 사고를 치고 말았다. 좁고 위험한 비포장 길을 달리다 결국 남의 집 담을 들이받은 것이다.

엄마의 두 아들 중 내가 엄마와 성격이 가장 많이 닮았는데 어린 시절 악동 기질까지도 엄마를 빼닮았다고 하신다. 나 역시 중학교 2학년 때 아버지 차를 몰고 장거리 운전을 나섰다.

나는 여러 차례 사고를 면하게 되었고 죽음의 골짜기를 드나들었지만 하나님은 신비하게도 나의 생명을 연장시켜주셨다. 하지만 그때의 기억을 떠올리면 지금도 아찔하기 짝이 없다.

모자가 왜 그렇게 위험하기 짝이 없는 무모한 짓을 했는지 오랜 시간이 지난 지금도 쉽게 이해되지 않는다. 하지만 분명한 사실은 엄마와 나는 모험을 즐기는 스타일이라는 것이다.

사람들이 "그 엄마에 그 아들"이라고 말하면 나는 이야기한다.
"모전자전"이라고. 나는 엄마의 아들인 것이 좋다.

내가 가장 닮고 싶은 모습

엄마는 매사를 복잡하게 생각하지 않고 단순하게 생각하시기로 유명하다. 그래서 아빠는 때때로 엄마가 답답하다고 하신다. 두 분이 결혼하신 후 한국에 오시기로 결심하신 것도 크게 고민하지 않고 "단순히 사랑하는 사람을 따라 한국에 오신 것"이라고 말씀하시는 엄마다.

엄마는 오늘도 수원 원천동의 작은 커피숍에서 과자와 빵을 구우며 장애 학생들을 돕고 어린 아이들을 가르치는 일에 만족하신다. 그것이 엄마가 하실 수 있는 최선이라고 생각하시기 때문이다.

내가 가장 닮고 싶어 하면서도
가장 닮기 어려운 부분이
바로 엄마의 이런 단순한 삶의 실천이다.
현재에 감사하고, 기뻐하고, 만족하는 삶.
그 삶을 배우기까지 나는 아직도
갈 길이 너무나 멀기만 하다.

엄마의 뒷모습

하루 일과를 다 마치고 엄마는 교내 사택을 향해 작은 비탈길을 걸어 올라가신다. 이때 엄마의 손에는 대체로 작은 보따리가 있기 마련이다. 그 속에는 팔리지 않은 빵이나 파이 한두 조각이 담겨져 있다. 가족을 위해 갖고 오는 일종의 '먹거리'라고 할까?

물론 가족을 위한 마음뿐만 아니라 내심 버리기가 아까워 집으로 들고 오시는 것이다. 하루 종일 서서 일하면서 만든 파이이고 빵인데, 그걸 어떻게 함부로 버리겠는가 말이다.

사진 속에 보이는 엄마의 모습은 보일 듯 말 듯 아주 작게 보인다. 눈에 띄지는 않아서 자세히 봐야만 보이는…. 잘은 몰라도 아마 사진 작가의 섬세한 의도가 담겨 있는 것 같다.

　사진의 배경에 보여지는 여러 가지 요소들이 어우러져서 그럴 듯한 분위기를 연출해주는 것도 있겠지만, 나에게는 집으로 돌아가는 엄마의 발걸음이 참 묘한 감정을 느끼게 한다.

　모르는 사람이 그냥 보면 '그냥 그렇고 그런' 사진 한 장이겠지만, 온종일 뜨거운 오븐 앞에서 일하는 엄마의 수고를 아는 나에게 무심하게 다가올 수는 없지 않은가?

　빵과 파이를 만드는 엄마의 사랑이나 수고는 많은 사람을 살찌게 해준다. 물론 여기에서는 육체적으로 몸에 영양을 공급하는 의미도 담겨 있지만, 그 빵 한 조각을 건네줄 때마다 곁들이는 환한 미소가 우리의 영혼까지 살찌게 해주기 때문이다.

누군가 말했던가? 자녀들은
부모의 뒷모습을 보고 배운다고.
정말 그런 것 같다.
그래서 나의 뒷모습은 어떨지
잠시 생각에 잠기게 된다.
우리 아이들은 무얼 보고 느끼는지.
두렵고 떨린다.

심플한 예술가

엄마에게 영어 교사, 유치원 원장, 파이숍 대표 등 이런저런 수식어를 붙일 수 있지만, 내가 볼 때 기본적으로 예술가적 기질이 가장 풍부한 것 같다.

물론 예술을 전공한 것도 아니니 당신을 '예술가'라고 부르면 어색해하거나 불편해하실 수 있지만, 무슨 일을 하더라도 그 자리에 예술적 감각과 터치가 돋보이니 달리 표현할 말이 없다.

엄마는 크리스마스트리 장식이든, 파이 한 판을 굽는 일이든, 집안을 청소하는 일이든 대충 하는 일이 없다. 어쩌면 '완벽주의'라는 것처럼 들릴 수도 있지만, 꼭 그렇지는 않다. 그저 디테일에 관심이 많으시고, 작고 섬세한 것에도 그 나름의 의미 부여를 하시는 것이다.

섬세함이란 어떻게 보면 상대방을 위한 배려이자 섬김이
다. 작은 차이를 통해 다른 사람에게 감동을 안겨줄 수 있
으니 말이다.

그것이 바로 예술가 정신 아니겠는가.

나의 최선을 다해 상대방에게 즐거움을 더해주는 것.

정말 멋진 일이다.

엄마의 좌우명

엄마의 좌우명은 "Bloom where you're planted(심긴 곳에 꽃을 피우라)"라는 것이다. 의역을 하면, "현재 있는 내 삶의 자리에서 작은 일에도 최선을 다하라"와 같은 말이다.

엄마가 한국에 온 지 얼마 되지 않아서 책을 읽다가 이 글귀를 발견했는데 그것이 엄마의 인생을 좌우할 중요한 좌우명이 될 것이란 것을 느끼셨던 것 같다.

그래서 엄마는 미국 땅이 아닌 이곳 한국 땅에서 아름다운 꽃을 피워야겠다고 결심했다고 한다. 한국에 시집을 왔으니 한국에서 뿌리내리겠다는 것이 엄마의 마음이었다.

　지금 엄마의 모습을 보면, 미국에서 온 한 송이의 꽃이

활짝 핀 것을 넘어 든든한 거목으로 자란 것 같다.

나와 많은 사람들이 엄마의 그늘에서 편히 쉴 수 있도록 말이다.

인생은 미완성

엄마가 즐겨 부르는 유행가 중에는 〈인생은 미완성〉이란 노래가 있는데, 그 노랫말에는 "인생은 미완성, 사랑도 미완성"이란 대목이 있다. 인생에는 항상 부족함이 있는 법이다.

사람 사는 세상은 크고 작은 한계가 많기 마련이다. 제 아무리 똑똑해도 세상을 통제할 수 있는 사람은 결코 없다. 하지만 내가 있는 삶의 자리가 완전하거나 완벽하지 않더라도 그 세상이 좀더 발전적이고 가치 있는 세상이 될 수 있도록 우리 자신을 내어 줄 수는 있다.

엄마가 가장 좋아하시는 노래 〈인생은 미완성〉처럼 우리의 인생은 미완성이란 것을 생각하자. 스스로를 속이지 말고 스스로에게 정직하자.

인생은 하나님이라는 위대한 옹기장이가

빚는 질그릇과도 같다고 성경은 이야기한다.

우리 인생을 조율하는 위대한 장인이 귀하게 쓸 수 있는

그릇이 되도록 오늘도 나는 내 마음의 질그릇을

깨끗이 비워놓기 위해 기도한다.

2
부

웃음
(Laughter)

웃음은 상대방의 마음을 열어주는 효과가 있으며,
적절한 유머는 감동을 두 배로 늘리는 것 같다.
물론 다른 사람을 웃게 만드는 것은 쉬운 일이 아니다.
더군다나 나이가 들어갈수록 점잖아야 한다는 생각에
웃음에서 멀어지기 쉽다. 그런데 엄마는 참 많이 웃으셨다.
그리고 다른 주변 사람도 마음껏 웃을 수 있는 기회를 주셨다.
엄마의 활달한 웃음소리가 귀에 들리는 듯하다.

엄마는 못 말려

'엄마는 못 말려'라는 말에는 여러 가지 의미가 있지만, 뭐니 뭐니 해도 가장 유별난 점은 유머 감각이다. 톡톡 튀는 그 센스는 분명 하늘이 내려준 선물임이 분명하다. 어쩌면 내가 글쟁이가 된 이유도 엄마의 그 못 말리는 재치와 센스 덕분이 아닐까?

한번은 어느 교회에서 강연을 할 일이 있었는데, 그날따라 엄마랑 같이 가게 되었다. 목사님은 강사인 나를 소개하기 전에 예의상 엄마를 먼저 소개하는 것이 좋다고 여겨서, 엄마에 대한 간단한 소개를 하셨다.

문제는 엄마의 나이를 잘못 알고 계셨는지 실수를 하셨는데, 엄마를 74세로 소개한 것이 아니라 84세로 소개하는 것 아닌가? 물론 교회에 와 있는 사람들에겐 엄마가 74세인지, 84세인지 그리 중요한 것은 아니었다. 그리고 그 정도는 엄마도 한순간의 실수로 이해하고 그냥 넘어갈 만한 일이었다.

그런데 웬걸? 순발력이 얼마나 빠르신지, 목사님의 멘트가 끝나기 무섭게 갑자기 엄마가 나한테 살짝 기대시면서, 영어로 한마디 하시는 것 아닌가? (참고로 엄마는 미국 사람이다.)

"He's laughing and falling."

목사님에 대한 말씀이라는 것은 짐작하지만 문법상으로는 말이 안 되는 영어인지라, 나는 무슨 뜻인지 알 수 없어서 여쭈어보았다.

"What did you say(뭐라고 하셨어요)?"

그러자 엄마는 똑같이 반복하셨다.

"He's laughing and falling."

다시 들어도 무슨 뜻인 줄 알 수가 없어 어리둥절했다. 그래서 다시 여쭈어보았다.

"What do you mean(무슨 뜻이시죠)?"

이렇게 다시 여쭈어보니까, 답답하다는 듯이 그것도 모르냐는 표정을 지으시며, 이번에는 우리말로 풀어서 설명해주시는 것 아닌가?

"그것도 몰라? 저 양반, 웃기고 자빠졌다고~."

그 사건 이후에 솔직히 나는 어떻게 무대 위에 올라가 강연을 이어갔는지도 잘 모르겠다. 하지만 무대에 올라가자마자 엄마가 한 말을 그대로 교인들에게 들려주었다.

"아까, 목사님이 저희 엄마 소개를 하셨잖아요. 그런데 어머님은 사실 84세가 아니라, 74세이십니다. 그래서 어머님이 조금 전에 저에게 유창한 우리말로 한마디 하시는 것 있죠? 여러분의 목사님이 웃기고 자빠지셨다고요."

나는 교인들이 그렇게 좋아하는 모습은 태어나서 처음 본 것 같았다. 왜냐하면 웬만한 사람들은 목사님에 대해 자랑만 하지, 누가 감히 그런 소리를 대놓고 하겠는가 말이다!

그 교회 교인들은 그날 내가 한 시간 가까이 발표한 내용보다,

엄마가 날린 한마디에 오히려 더 감동을 받은 것 같았다.

한마디의 유머가 백 마디의 웅변보다 낫다는 것을 느낀 순간이었다.

총알택시 겁나서 못 타겠어요

엄마는 이따금씩 학교나 교회, 혹은 택시 협회 같은 공공 기관에서 강연을 하실 때가 있는데, 그런 자리에서도 엄마의 유머는 한몫하는 것으로 알려져 있다.

특히 택시 기사들이 수백 명, 수천 명씩 모여 교육을 받는 자리에서 영락없는 미국 여자가 유창한 우리말 솜씨로 "아저씨들, 총알택시 겁나서 못 타겠어요. 제발 천천히 좀 다녀주세요"라고 한마디만 던져도 그 자리는 웃음바다로 변한다.

이런 유머를 제대로 활용할 수만 있다면 우리 주위에 사는 사람에게 용기를 주거나 격려가 되는 순간들도 적지 않다.

서툰 우리말 솜씨

우리말 공부에 최선을 다하셨지만 그래도 엄마의 서툰 우리말 때문에 재미있는 에피소드들이 생겨나곤 했다.

한번은 엄마께서 시내에 나가셨다가 갑자기 배가 아파 급하게 약국을 찾으셨다. 약국은 성공적으로 찾으셨지만 갑자기 '배탈'이란 단어가 떠오르지 않아 약사에게 그만 "배에 털이 났는데 도와달라" 한 것이다.

약국의 아저씨는 한참을 숨이 멎을 정도로 웃기에 바빴고, 엄마는 영문도 모른 채 답답한 마음을 금할 길이 없어 그 약국에서 뛰어나오셨다고 한다.

그런데 외국인이 완벽하게 우리말을 구사한다면 그게 오히려더 부자연스럽지 않을까?

가끔씩 실수를 해야 우리도 웃을 일이 생길 터이고,

그래야 우리도 열심히 외국어 공부를 하다가

실수를 좀 해도 위로가 될 듯싶다.

부엌의 원칙

유머 감각이 뛰어나시고, 즐기시는 엄마께 아내가 그릇을 장만해드린 적이 있는데, 그 그릇에는 '부엌의 원칙'이라는 짧은 문구가 적혀 있다.

Kitchen rules: take it or leave it.
부엌의 원칙: 먹든지 말든지, 둘 중에 하나만 선택하라.

음식이 맘에 안 들면 불평하는 대신에, 잔소리 말고 먹든지 굶든지 하나를 택하라는 뜻이다. 단순하지만 생각보다 지키기가 어려운 문구이기도 하다. 우리나라의 부엌이나 식탁에서는 어쩌면 상상하기 어려운 문구일 수도 있다.

식탁에 오른 음식에 대해서 불평과 불만을 일삼는

자녀들이 혹시 있다면 식탁 옆에 크게 써서 붙여놓으시기를!

외국인 파출부

한번은 학교의 수영장을 청소하는 엄마를 발견한 학부형이 너무나 열심히 일하는 모습에 감동을 받아 옆에서 같이 일하고 있던 형수님에게 "죄송하지만 저 외국인 파출부 어디서 구하셨어요?" 하며 물어보았다고 한다.

그 뒤로 '외국인 파출부' 하면 웬만한 학교 관계자들은 누구를 지칭하는 말인지 알 수 있었다. 뒤늦게 엄마를 알아본 그 학부형은 민망한 얼굴로 엄마를 찾아가 몇 번이나 사과의 말을 하고 돌아갔다고 한다.

건강도 좋지 않으신데 제발 일을 하시지 말라고 옆에서 아무리 말려도, 조금만 한눈을 팔면 어디론가 조용히 사라지는 엄마. 뒤늦게 집 안을 살피면 어딘가에서 엎드려 청소를 하고 계신다.

예수님이 오신다면 예수님께 부탁드려
엄마께 붙은 청소 귀신 좀 쫓아내달라고
부탁드리고 싶은 심정이다.

3
부

만남
(Encounter)

파이 가게에서 일하다 보면 수많은 사람은 만나고 헤어지기 마련이다.
그런데 때론 평범한 인사가 좀 더 무게 있는 대화로 발전하기도 하고,
적지 않은 경우에는 그것이 인생 상담으로 이어지는 경우도
흔한 일이었다. 몸의 양식이 아닌 마음의 양식이 필요한 사람들.
그런 사람들에게 엄마의 파이 가게에는 마음과 마음을 나누는
진정한 만남이 종종 벌어지는 공간이다.

온도 조절

베이킹을 할 때 놀랍게도 온도 조절이 맛과 모양을 결정짓기도
한다. 재료가 중요하지 굽는 것은 아무것도 아닌 것 같지만, 온도
조절 능력이 균형을 이루게 하고 맛을 내는 근원이 되는 것이다.

경우에 따라서는 높은 온도로 굽기도 하지만 때로는 낮은 온도
를 오래 유지해야만 할 때가 있다. 결국 온도의 높낮이를 적절히
바꿔줘야 재료의 맛이 사는 것이다.

신비로운 사실은 사람을 만나는 것도 그렇다는 것이다. 인생의
노하우 같은 거랄까? 상대방의 입맛이나 필요에 맞게 나를 맞추어
가는 것. 그것은 분명 삶의 특별한 기술이자 지혜가 아닐까 싶다.

미지근한 대응이 관계를 멀어지게 하거나

뜨거운 열정으로 일을 망친 경험이 한두 번쯤 있을 것이다.

사람 사이에도 온도 조절이 중요하다.

오븐의 온도

엄마는 항상 뜨거운 오븐 가까이에서 많은 시간을 보내시는 편이다. 그것도 온종일 서서 일을 해야 하며, 한 손은 화로 위의 무거운 냄비나 팬을 잡고 다른 손은 수저로 그날에 탄생할 작품을 휘젓는 일을 반복한다.

여든이 되신 엄마는 우리 삼 남매를 키우는 일 외에는 지금까지 줄창 그 일만 하셨다. 그런데 주방은 늘 칼과 뜨거운 불이 있기에 항상 위험이 도사리고 있는 곳이 아닌가? 좁은 주방에서 여럿이서 일할 때의 예절이나 질서를 엄격히 따지는 것도, 큰 사고가 언제든 일어날 수 있는 곳이라 잠시도 한눈을 팔 수 없기 때문이다.

요리를 위해 불을 다루다 보면 손과 팔 곳곳에 크고 작은 화상을 입기도 쉽다. 그래서 주방은 불과의 싸움터고, 늘 불 곁에 있는 만큼 불을 다스리는 기술이 있어야 한다.

사람들 사이에 사는 것도 그런 것 아닐까? 항상 위험을 무릅쓰고, 항상 뜨거운 불길을 마주하며, 그렇게 살아간다. 그래서 때론 지치고 땀나고 힘겨워도 그 온도를 견디며, 오늘의 작품을 다시금 빚어내는 삶이어야 하지 않을까?

아! 그런 사람의 존재와
움직임이야말로 예술의 극치로 보인다.
오븐의 파란 불길을 바라보며,
나는 내 인생의 불을
어떻게 마주하고 다스리고 있는지,
그저 상처만 받고 정작 요리는
제대로 하고 있는지 되돌아본다.

트리

영어로 나무는 '트리(Tree)'다. 그런데 한국에서 '트리' 하면 으레 크리스마스트리를 떠올린다. 크리스마스가 되면 동서양을 막론하고 트리를 꾸미느라 정신이 없는데, 백화점에 가면 크고 화려하게 장식한 트리를 볼 수 있다.

하지만 가정집에서 작은 트리를 꾸미는 재미도 쏠쏠하다. 우리 엄마도 크리스마스가 되면 트리 장식을 꾸미기에 분주하다. 그래서인지 크리스마스 시즌이 오면 엄마의 손과 발이 더 바빠진다.

흥미로운 것은 엄마의 영어 이름인 '트루디(Trudy)'가

트리와 발음도 비슷하다는 것이다. 그러고 보면 어디까지나

내 생각이지만, 엄마는 가장 이쁘게 꾸민 크리스마스트리 같기도 하다.

우리가 어릴 때는 집 안에 있는 트리를 온 가족이 같이 장식을 하고, 그 트리 앞에 모여 노래를 부르며 선물을 풀었던 기억이 있다. 대단한 물건은 아니어도 가족 구성원 한 사람 한 사람을 위해 작은 선물을 나누어주며, 무엇보다 서로가 얼마나 소중한 선물인가를 그리고 우리가 살아가는 하루하루가 또한 얼마나 소중한가를 되새기는 시간이었다.

집 안에서, 혹은 시내나 백화점에서 볼 수 있던 그 트리가
어느 날부터 엄마의 매점에서도 보이기 시작했다.
트리의 예쁜 장식과 조명은 보기에도 좋을 뿐만 아니라,
파이숍을 찾는 고객들의 마음을 내 어린 시절 기억처럼
한결 더 따뜻하게 해주는 힘이 있다.

엄마의 여유

엄마가 사람을 만나는 방식이 내게는 적지 않은 교훈이 된다. 엄마는 스스로 이야기하기보다는 가급적 남의 말을 들어주시는 편이기 때문이다. 그래서 사람들이 편하게 다가갈 수 있는 것 같다. 특히 아무도 눈길을 주지 않는 사람들의 이야기도 들어주시는 모습은 반드시 본받아야 할 점이다.

그중에는 아트 램버트(Art Lambert) 아저씨도 있다. 지금은 고인이 되셨지만 한국 전쟁에 참전하셨다가 미국에 사는 아내와 사별을 하게 되면서, 더 이상 미국에 돌아갈 이유가 없어 한국에서 살기로 결심한 램버트 아저씨. 램버트 아저씨는 그야말로 외톨이 신세였다. 그런 분의 넋두리를 엄마는 친한 친구처럼 들어주시곤 했다.

생각해보면 램버트 아저씨뿐만 아니라, 때론 큰엄마, 고모, 동네 아줌마, 어떤 때는 학교 선생님 등 누구든 자신의 고민거리를 엄마 앞에서 털어놓곤 했다. 그렇게 엄마는 일방적으로 들어주셨고, 다양한 사람들의 가슴앓이를 자신의 일처럼 귀담아 들어주셨다.

그것이 늘 내가 보던 엄마의 모습이었는데, 그런 엄마가 지금은 많이 아프다. 약기운 탓이기도 하겠지만 몸이 아프다 보니 신경이 날카로워지고 예민해져서, 예전처럼 남의 이야기를 들어주는 것은 점차 어려워졌다. 그 사실이 나를 아프게 한다.

지금까지 수십 년을
다른 사람의 이야기를
묵묵히 들어주신
엄마의 이야기를
이제 내가 들어
드려야 하지 않을까?

머핀의 향기

엄마는 베이커리 카페를 운영하시는데, 특히 파이와 쿠키 그리고 머핀을 굽는 일에 남다른 재주가 있으시다. 그래서 카페를 들어서는 사람들 대부분은 코끝을 자극하는 빵과 쿠키 그리고 커피의 향기에 매료될 수밖에 없다.

집에서도 손님 접대를 하기 위해 엄마가 파이나 과자를 구우셨으니, 나에게는 갓 구워낸 파이나 과자 냄새가 집안 가득 진동했던 기억이 많다.

사람에겐 여러 가지 감각이 있지만 그중에서도 후각이 우리의 마음을 편하게 만드는 특성이 있다. 고향 집은 그 특유의 냄새로 기억되기 쉽다. 요즘 사람들이 커피를 자주 마시는 것도, 커피 향이 맛뿐만 아니라 심리적인 안정까지 주기 때문이 아닐까?

코를 막고 먹으면 사과와 양파를 구분하지 못하는 실험을 통해 알 수 있듯이, 우리가 음식을 맛볼 때 냄새가 중요하다. 갓 구워진 빵이 그렇고, 파이가 그렇고, 쿠키가 그렇고, 커피가 그러하듯 향기가 먼저 맛을 느끼게 한다.

내가 오늘 만나는 사람들에게 미소와
좋은 기억을 떠올리게 하는
그윽한 향기를 남길 수 있기를 바란다.

열린 문

　사진을 보면 문이 살짝 열려 있다. 그것을 보면 기분이 좋다. 마치 담이 없는 마당처럼, 누구든 환영한다는 의미로 보이기 때문이다. 굳이 초인종을 누르지 말고 들어오고 싶으면 언제든지 들어오라고 말하는 것처럼 느껴진다.

엄마의 집은 나에게 그런 느낌이다.
언제든 마음만 먹으면 갈 수 있다.
나를 위해 문이 열려 있기에 말이다.

사람의 마음 문도 그렇지 않겠는가?

활짝 열려질 수도 있고 굳게 닫혀질 수도 있고.

그런데 내가 먼저 열지 않으면 누구도 들어올 수 없다.

나의 마음 문이 열렸는지 닫혔는지 확인해봐야겠다.

작은 일에서조차

엄마가 운영하시는 파이 가게와 커피숍은 언제나 손님들로 시끌시끌하다. 그 많은 소리와 소음 속에서도 현명한 관찰자들은 그 이상의 것들을 '듣고' 배우고 삶에 적용하려 애쓰는 모양이다.

하루는 그러한 관찰자 중에 한 사람이 이야기하기를, 엄마가 파이를 만들기 위해 계란을 깨뜨려 그릇에 떨어뜨리는 모습을 통해 소중한 교훈을 배웠다고 한다. 그것은 계란 껍질에 남아 있는 흰자위를 손가락으로 모두 긁어모아서 신중하게 마지막 한 방울까지 그릇에 모으는 엄마의 모습 때문이었다.

무언가를 배우고자 하는 사람은 꼭 배워야 할 것들을

스스로 찾아서 배워간다. 나는 작은 일에서조차

배우려고 이토록 열정적이었던 적이 있었을까?

식탁

식구란 같이 한 지붕 아래 둘러앉아 밥을 먹는 사이라는 의미다. 식탁은 바로 그런 것을 가능케 해주는 가구다. 그만큼 식탁에는 많은 추억이 담겨 있다. 가족이 모여 함께 먹고 마시며 겪은 갖가지 일들이 아로새겨진 곳이 식탁이기 때문이다.

그런데 엄마의 식탁은 가족뿐만 아니라 그야말로 많은 사람이 다녀간 곳이기도 하다. 징그러울 정도로 많은 사람이 말이다. 결국 수많은 식구가 탄생된 장소인 셈이다.

그렇지만 엄마가 불평하는 모습을 본 기억은 없다. 엄마는 기쁘게 그리고 기꺼이 손님맞이를 하셨고, 우린 그것을 통해 친구와 가족 그리고 이웃의 소중함을 조금씩 배웠다.

모두를 식구로 만들어버리는 마법 같은 식탁.
그 마법의 비밀은 엄마의 따뜻한 마음과 정성이었다.

손님 대접

요즘은 집에서 손님을 대접하는 경우는 지극히 드문 현상이 되어버리고 말았다. 그 이유가 워낙 맛집이 많아서 외식을 하는 것인지, 손님 대접이 힘들어서인지는 모르겠다. 물론 전자가 이유라고 해도 귀차니즘이 한몫한 것은 분명하다.

이렇듯 손님 대접이란 분명히 쉬운 일도 간단한 일도 아니다. 번거로운 것은 차치하더라도 제대로 대접하기가 쉽지 않으니, 아무래도 외식을 선호하게 되는 것이다.

그래도 확실한 것은 아무리 고급스러운 식당에 가서 품격 높은 음식을 먹을지라도, 집에서 오손도손 앉아서 정성과 사랑으로 준비한 밥 한 끼를 같이 먹는 것과는 비교할 수 없다는 점이다.

상차림 그 자체보다는 대접하는 손길의 따스함을 느낄 수 있고,

그 집 안에 담겨진 이야기들을 온몸으로 느낄 수

있기 때문에 견줄 수 없는 것이 아닐까?

집에서 하는 정성 어린 손님 대접에는

그 어떤 근사한 식당조차도 흉내낼 수 없는 감동이 있다.

손님이 북적이는 우리 집

우리 집은 평일이든 주말이든, 손님들이 항상 찾아왔다. 때로는 외국에서 온 손님일 경우 6개월씩 머물고 간 사람들도 한둘이 아니다.

뿐만 아니라 일요일마다 엄마가 식사를 제공해준 손님들은 적게는 15명, 많게는 30명가량이나 되어서 우리 집은 항상 잔칫집 같았고 늘 이야기꽃이 만발했다. 지금 와서 돌이켜보면 그 많은 손님들을 어쩌면 그렇게 따스하게 맞이해주셨는지 수수께끼다.

한번은 엄마보다 더 연로하신 양로원 할머니 열 분을 모시고 집에서 식사 대접을 하셨다. 그중엔 앞서 오셨을 때 "사모님이 만드시는 빵을 아예 양로원에 와서 매일 같이 만들어주면 안 될까요?"라며 여쭙는 귀여우신(?) 할머니도 계셨다.

엄마는 언제나 치아가 튼튼하지 않은 할머니들이
드실 수 있는 부드러운 음식 장만을 위해
손수 애쓰시고, 할머니 한 분, 한 분의 사연을
들어주시며 격려해주는 멋쟁이 요리사다.

엄마의 편지

엄마는 한결같이 우리에게 편지를 써주셨다. 특히, 우리가 집을 떠나 유학을 하는 동안에는 일주일이 멀다 하고 편지를 보내셨다. 그것도 한 통의 편지에 형이나 누나, 그리고 나에게 하실 말씀을 함께 보내주실 수도 있지만, 개인의 인격을 존중해주는 서양 문화의 영향 때문인지 우리들 각각에게 편지를 써주셨다.

요즘은 인터넷 세상이다 보니 예전처럼 편지의 느낌을 경험하기란 쉽지 않지만, 예전에는 학교의 우편함을 열어 친필로 쓰인 엄마나 아빠의 편지를 받는다는 것은 보통 큰 선물이 아니었다. 공부를 포기하고 싶거나 집으로 도망가고 싶은 마음이 불쑥불쑥 들더라도 엄마의 편지를 받는 순간 그 마음을 고쳐먹게 되었다.

편지 쓰기, 처음에는 약간 어색하거나 불편함이 있더라도 충분히 시작해볼 만한 가치가 있는 일이다. 만약 공감한다면 지금 곧바로 종이와 펜을 꺼내어 편지를 쓰자.

당신의 편지가 누군가를 변화시키기 전에,
가장 먼저 당신부터 변화시킬지도 모른다.
그만큼 편지는 힘이 세다.

쉼

(Rest)

적절한 쉼 또한 우리에게 얼마나 필요한 요소인가. 일하기만 하고
쉬지 않는다면 결국 지쳐 아무 일도 할 수 없게 된다. 적절한 휴식으로
힘을 얻어야만 지속적으로 일할 수 있고, 더 나아가 다른 큰 일도 할 수
있다. 엄마는 그 사실을 우리에게 삶으로 보여주신 장본인이기도 하다.
특유의 부지런함으로 일의 소중함을 여실히 보여주셨만,
동시에 쉼의 원리 또한 놓치지 않으셨다.

한 판의 파이

파이 한 판이 완성되기까지는 여러 가지 절차가 있고, 각 과정이 다 중요하기 마련이다. 그런데 그중에서 반죽을 섞는 속도감 역시 무시할 수 없다. 너무 빨라도, 너무 느려도 안 되기 때문이다.

아무것도 아닌 것 같아도 아무것도 아닌 것이 아닌 것이다. 단순히 빠르게 하는 것만으로는 좋은 반죽을 만들 수 없다. 빠르게 했다 느리게 했다를 잘 조절해야 찰지고 맛있는 반죽을 만들 수 있다.

사람 사는 세상 일이 대부분 그렇지 않은가? 인생을 살아가는 데 적당한 속도를 유지할 필요가 있다. 사람을 만날 때도, 일을 할 때도, 쉴 때도 때로는 빠르게, 때로는 느리게 하며 적절하게 움직일 줄 아는 '리듬감'이 요구된다.

뭐든지 빨리빨리 하기를 요구하는 요즘이지만, 기다려야 할 때
기다릴 줄 모르면 낭패를 보기 쉽다.

때론 빠르게 때론 느리게 반죽을 젓는
엄마의 손을 보면서 기다림의 미학을 배운다.

뒤에서, 조용히, 말없이

엄마는 별로 나서질 않는다. 아니, 나서는 것을 별로 좋아하지 않는 체질이랄까? 아빠가 무대 체질이라면, 엄마는 정반대다. 그냥 이날 이때껏 그렇게 살아오셨고, 그것이 편하신 것 같다.

뒤에서, 조용히, 말없이.
내가 느끼는 엄마의 모습은 이런 단어들이 가장 잘 어울린다.

그러다 보니 엄마는 사람의 시선도 특별히 의식하지 않으신다. 이 사진을 여러 번 본 뒤에서야 나는 비로소 엄마가 커피 머신 뒤에 계신 것을 알아차렸다. 마치 숨박꼭질하는 어린아이들처럼 엄마는 항상 그렇게 살아오신 것 같다. 보일듯 말듯 하지만 언제 묵

나도 어울리지도 않는 옷을 억지로 입겠다고 고집을 부려
고단하고 힘든 일이 있지 않았을까?

묵히 자리를 계시는 모습이 마치 쉼표 같다.

사람마다 각자 가장 어울리는 옷이 있다. 그 옷을 입고 있을 때
우리는 가장 빛나기 마련이다. 화려한 옷이 어울리는 사람이 있다
면, 소박한 옷이 어울리는 사람도 있다. 그렇게 각자의 자리에서
제 몫을 해야 오히려 서로가 돋보이지, 어울리지 않는 옷을 억지로
입으면 자신도 남도 불편할 뿐이다.

말은 적게, 행동으로 먼저

엄마의 삶을 관찰해보면 말은 최대한 아끼는 대신 행동으로 먼저 보여주시는 모습을 쉽게 엿볼 수 있다.

절대로 말이 먼저 앞서지 않고, 하신 말씀에 대해서는 조용히 그것을 행하며, 궂은일 또한 마다하지 않는 삶을 사셨다.

자신이 한 일에 대해 공치사가 없으시니, 어떤 일을 할 때 내가 한 일에 대해 은근히 남들이 알아주길 바라는 나의 어리석음에 엄마의 삶은 큰 경종을 울린다.

조그마한 오해에도 쉽게 속상해하고, 그러다 보니 저절로 말이 많아지고 불평이 많아지고, 남이 쉽게 알아주지 않으니 자기 스스로 말이 쉽게 앞서버리는 것이 우리의 연약한 인생살이가 아닌가.

그래서 나는 오늘도 기도한다. 그리고 기대한다.

엄마처럼 행동으로 보여주고, 최대한 말을 아끼는 사람이 되길 말이다.

말은 적게, 행동으로 먼저.

커 피 한 잔

한 잔의 커피는 엄마에게 잠깐의 쉼과 에너지를 공급해준다. 예전에는 하루에 평균 거의 여덟 잔의 커피를 드셨다고 하는데, 커피를 좋아도 하시지만 커피를 마시면서 편하게 사람을 만날 수 있기 때문이다.

그렇게 커피와 함께 사람을 만나 이런저런 삶의 이야기를 듣는 것을 행복해하신다. 그만큼 엄마의 커피 타임에는 다양한 '만남'이 존재한다. 때론 친할머니, 램버트 아저씨, 큰엄마, 애나 아줌마, 민숙이 누나, 성자 누나 등등 예를 들자면 끝이 없다.

커피는, 그리고 커피를 핑계 삼아 만나는 엄마의 친구들은 엄마의 입가에 항상 미소를 띄게 해준다.

늘 바쁘게 이리 뛰고 저리 뛰는 엄마에게 잠시나마 쉼과 에너지를 공급해주니 얼마나 좋은가? 그래서 나는 커피가 고맙다.

　나도 누군가의 삶에 작은 에너지를 더해주었으면 좋겠다. 마치 엄마의 커피 한 잔처럼 말이다. 그러고 보면 커피는 그냥 지나치기 쉬운 일상이지만 대단한 일을 해내고 있는 셈 아닌가?

엄마가 마신 수백 잔, 아니 수천 잔의 커피에는
사람 사는 이야기들이 가득 담겨 있다.
마치 커피 향처럼 향기롭고 따뜻한 이야기가 말이다.

Rest

최근 들어 새로운 의미로 다가온 단어는 'rest'란 단어다. 물론 '쉰다'라는 기본적인 뜻은 알고 있었지만, 요리나 베이킹에도 이 단어를 사용하는 것을 새롭게 알게 되었다. 요리나 베이킹에 있어 문외한 나에게는 그 표현이 생소하고 신기했다.

그런데 엄마가 빵을 굽거나 파이를 만드는 기억들을 더듬어보면, 분명 빵이 쉬고 파이가 쉬는 시간들이 항상 있었다. 대부분 밀가루 반죽을 하게 되니 그 반죽이 부풀어 오를 때까지 기다려야 되는 것이다. 밥으로 치자면 '뜸 들이는' 시간이 필요한 것처럼 말이다. 그러고 보면 밥도 빵도 뜸 들이는 과정이나 기다리는 시간이 없이는 먹을 수 없다. 물론 요즘은 즉석 밥을 전자레인지에 데워 먹을 수 있지만, 그 맛이 결코 같지 않다.

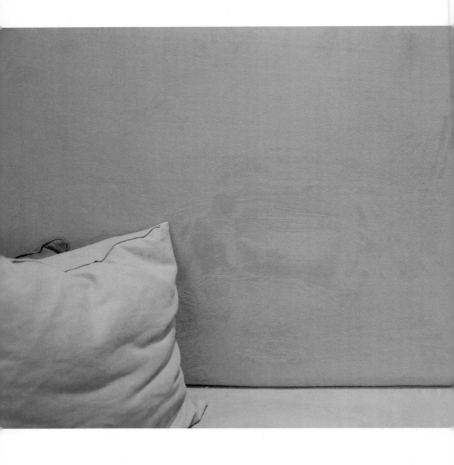

선택의 여지가 있다면, 누가 전자레인지에 돌린 즉석 밥을 먹고 플라스틱 봉지에 담겨진 빵을 먹겠는가? 누구나 오븐에서 갓 구워 나온 따끈따끈한 빵이나 김이 모락모락 나는 기름진 밥을 선호하지 않겠는가! 하지만 그렇게 하려면 반드시 기다림이나 쉼이 필요하다.

마찬가지로 삶에서도 아름답고 의미 있는 어떤 것을 만들어가기 위해서는 반드시 적절한 쉼이 있어야 하는 법이다. 예술품을 보라. 그 어느 것 하나 적당히 만들어지는 것이 있겠는가?

우리에게 감동을 주는 예술품은 예술가의 경험이나 기술은 물론이고, 예술가가 고뇌한 흔적이 느껴지는 작품이다.

작품을 하나 만들기 위해서 실제로 창작을 하는 시간 외에도 예술가가 인생에서 번민할 시간이 필요하기에, 모든 걸작은 기다림의 흔적이라고 할 수 있을 것 같다. 파이 한 판을 만드는 과정도 바로 그런 것이 아닐까?

특별한 비결

좋은 쿠키를 만들기 위해 엄마는 파이 가게에서 일하는 시간의 대부분을 서서 일하면서 보낸다. 그런데 그 바쁜 와중에서 엄마는 중간중간에 의자에 앉는다. 그리고 기다린다.

잠시 숨을 돌리며 쉬기 위해 앉는 것도 있겠지만, 그 시간에 엄마는 의자에 앉아서 쿠키와 파이의 맛을 보고, 빵의 맛을 확인한다. 기다림 없이 파이나 쿠키는 제맛을 낼 수가 없기 때문이다.

그렇다. 엄마가 만드는 파이와 쿠키가 남다른 맛을 내는 가장 특별한 비결은 '기다림'에 있다. 급하다고, 까짓 거 대충대충 하자고, 더 빨리 더 많이 만들자고 기다림의 과정을 함부로 건너뛴다면 결코 맛있는 쿠키는 만들어지지 않는다.

나는 오늘도 잠시 모든 일을 내려놓고,

이 세상을 창조한 창조자를 생각하며,

내가 살아가는 이 세계가 얼마나 아름다운 것들로

가득 차 있는가를 생각한다.

한낱 쿠키 만드는 일이 이럴진대, 우리가 살아가는 인생이야 말할 것이 무엇이겠는가.

기도실

부모님이 사는 집에는 원래 방이 한 칸밖에 없었다. 몇 년 전에 방 한 칸이 더 생겨서 이제는 방이 두 칸이 되었는데, 거기에 예전에 없던 소파와 텔레비전이 생기고 작은 침대가 놓였다.

그런데 아빠가 외국 출장 뒤에 시차가 심해 잠을 잘 못 잘 경우 엄마를 깨울까 봐 그 방에서 주무시는 경우가 있는가 하면, 우리가 방문했을 때 가끔 그 방을 사용하는 경우도 있다.

그런데 새로 생긴 방 말고 원래의 방 바로 옆에는 자그마한 기도실이 있다. 한 사람이 겨우 들어갈 수 있는 그런 작은 공간이다. 방에 바로 붙어 있지만, 엄마나 아빠가 얼마나 많은 시간을 그 공간에서 지내는지는 솔직히 나도 잘 모른다.

   그러나 늘 기도의 삶을 살고자 애쓰는 엄마와 아빠의 모습을 내가 잘 알기에, 기도실이 그저 빈 공간으로 남아 있지 않을 것이라 확신한다.

   기도가 필요하다는 것은, 나 자신의 힘으로 살 수 없다는 것을 인정하는 것 아닐까? 저 비좁은 공간에서 10분을 기도하든 한 시간을 기도하든 그것은 중요하지 않다.

   하지만 기도 처소를 만들어놓는다는 것, 기도 없이 살 수 없다는 것, 이것이 시사하는 바가 결코 적지 않음을 나는 잘 안다.

   두 분은 늘 그렇게 살아오셨다. 80 평생이 넘도록 말이다. 하나님 없이는 한순간도 살 수 없다는 것을 누구 못지 않게 잘 아시기 때문일 것이다.

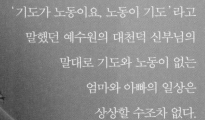

'기도가 노동이요, 노동이 기도'라고
말했던 예수원의 대천덕 신부님의
말대로 기도와 노동이 없는
엄마와 아빠의 일상은
상상할 수조차 없다.

혼자만의 시간

엄마는 초저녁 잠이 많은 반면에 새벽 서너 시만 되면 일어나는 아침형 인간이시다. 그 시간에 엄마가 가장 먼저 하는 일은 집 안에 조용한 공간을 찾아 혼자 기도를 하거나 성경을 읽는 것이다.

어쩌면 그 시간이 엄마의 하루 일상 중에서 유일하게 혼자만의 시간인지도 모르겠다. 나머지 시간들은 사람들로, 그리고 파이나 쿠키를 굽는 일로 가득 채워지기 때문이다.

엄마는 당신의 삶 전체에 매 순간마다 하나님을 초대하려고
새벽마다 의지를 기울여 노력하고 계신다.
그리고 그런 노력이 이제는 습관이 되고 생활이 되어,
엄마의 삶으로, 엄마의 성품으로 매 순간 흘러나오고 있다.

나도 그런 엄마의 영향을 받아서인지, 아침 일찍부터 일어나는 것이 습관이 되어버렸다. 그렇게 일찍 일어나는 습관이 지금은 얼마나 소중하게 느껴지는지 모르겠다.

이제는 하나님께 오롯이 의지하는 엄마의 삶까지 닮고 싶다.

작은 부엌

엄마의 부엌은 작지만 필요한 건 다 있는 그런 부엌이다. 사실 예전에 강원도 태백의 '예수원'에 방문했을 때 현재인 사모님의 부엌은 내가 지금껏 본 부엌 중에 가장 작은 규모였기에, 거기에 비하면 엄마의 부엌은 제법 큰 편이라 하겠다.

하지만 정작 중요한 것은 부엌의 사이즈가 아니다. 그 속에서 무엇이 만들어지고, 누구에 의해 만들어지며, 어떤 마음으로 만들어지느냐가 중요한 것 아닌가?

아무리 크고 화려해도 가족들이 기쁘게 식사할 수 있을 음식을 만들어낼 수 없는 부엌이라면, 작지만 오손도손 모여 웃으며 밥을 먹는 부엌보다 낫기는커녕 초라하게 느껴질 것이다.

나에게 엄마의 작은 부엌은
세상에서 가장 아름답고 포근한 공간이다.

책 보는 엄마

엄마는 책을 유난히 좋아하신다. 글재주도 뛰어나시지만 그렇다고 그걸 자랑하시는 타입도 아니다. 외할머니는 불어와 스페인어를 가르치시는 교사셨다고 들었다. 어쩌면 외할머니께서 어릴 때부터 책 읽기를 많이 권유하셨는지도 모르겠다.

이러저런 책을 많이 읽지만, 그중에서도 유독 성경 책을 가장 많이 읽으신다. 성경을 읽으면서 하루를 시작하시는 것뿐만 아니라, 하루에도 몇 번이고 읽고 또 읽으신다.

그 속에서 삶의 에너지를 공급받는데, 인관관계는 물론 '어떻게 살아야 하는가?'라는 물음에 대한 답을 찾으시는 것 같다.

엄마에게 성경
읽기는 밥 먹기나
다름없다.
말 그대로 엄마에게
영육의 양식이다.

과자 모양을 찍는 도구

과자를 그냥 둥근 형태로 만드는 경우가 많지만, 때로는 거기에 재미를 더해 하트 모양이나 별 모양 등 다양한 모양으로 만들기도 한다.

그런데 평소에 과자를 만드는 데 사용되는 이 도구들이 엄마에게는 가끔 집 안을 꾸미는 '장식 용품'으로 사용되기도 한다. 일종의 재활용이랄까?

이런 도구를 장식 용품으로 사용하는 경우는 흔치 않을 것 같은데, 내가 보기엔 느낌이 나쁘지 않은 것 같다. 아주 평범하지만 그 평범함 속에 오히려 특별함을 느낄 수 있고, 엄마가 삶으로 전하는 이야기를 느낄 수 있어서 좋다.

무심코 지나치기 쉽지만
자세히 바라보면
과자가 아닌 내 마음에
별과 하트를 새기는 것 같아
흐뭇한 미소를 짓게 된다.

작은 유리병의 꽃 한 송이

우리 집 안에는 언제나 꽃이 있었다. 집 안뿐만 아니라 집 밖 화단에도 엄마는 늘 꽃을 심고 가꾸시는 일을 즐기셨다. 그래서 집안에 들어올 때마다 꽃향기를 맡을 수 있었고, 여러 종류의 꽃은 늘 우리를 반기는 것 같았다.

사실 꽃을 즐기는 데 많은 돈이 드는 것도 아니다. 화려하고 값비싼 꽃을 살 수도 있겠지만 반드시 그럴 필요는 없다.

엄마도 주로 시장이나 가게에서 구입하기보다는 평소에 마당에서 가꾼 꽃 한두 송이를 꺾어서 작은 유리병에 꽂아놓는 경우가 많으셨다. 하지만 그 꽃 한 송이를 보면서 우리는 꽃의 아름다움은 물론, 그 속에 담긴 엄마의 마음까지 느낄 수 있었다.

우리를 위해 집 안팎으로 아름다운 꽃을 준비해주신
엄마의 손길이 언제나 감사하게 느껴진다.
그때그때마다 꽃을 통해 자연의 신비를 느끼게 될 수 있어
우리 안에 행복 바이러스가 여전히 자리 잡고 있다.

엄마의 특기

엄마의 특기(?) 중에 하나는 기다려주는 것이 아닌가 싶다. 아니, 사실은 기다림은 모든 엄마들의 특기라고 할 수도 있지 않을까? 자녀들이 말썽을 피우고 고집을 부려도 엄마는 인내하며 기다려준다.

하지만 기다려주는 일은 결코 쉽지 않다. 물론 우리네 아빠들보다는 엄마들의 인내력이 더 많은 것만큼은 사실이다. 그런 이유에서 자녀를 잉태하는 것이 여성들의 차지가 되지 않았나 싶다.

나는 열두 살 나이에 가출을 해본 경험이 있다. 그때, 가출한 나를 조용히 기다려준 엄마와 아빠의 사랑이야말로 나로 하여금 기

다리는 사랑이 어떤 것인지 경험할 수 있도록 도와준 원동력이다. 우리가 살아가는 현대 사회는 묵묵히 기다려줘야 할 사람들로 차고 넘친다고 해도 과언이 아닐 것이다.

나는 지금 누군가의 잘못을 탓하기보다는
회심하고 돌아오기를 묵묵히 기다리는지 되돌아본다.

5
부

나눔
(Sharing)

슬픔은 나누면 반이 되고 기쁨은 나누면 배가 된다고 한다.
이렇듯 나누는 것의 힘이 크기 때문에 대단한 일이라고 오해하기 쉽다.
그런데 나눔이란 대단한 것이 아니라 내가 할 수 있는 것을
기꺼이 하는 것이다. 진심이 담기지 않았다면 아무리 화려하거나 귀한 것을
받아도 행복할 수 없다. 적어도 내가 보아온 엄마의 나눔은 바로
엄마가 할 수 있는 것을 기꺼이 진심을 담아 주신 것이었고
그 열매는 언제나 풍성했다.

구워진 파이

오랜 시간 오븐의 고열을 견디면서 파이는 점점 모양이 변하다가 어느 순간 제 모습을 드러낸다. 처음 모습과 달리 세상에 새롭게 태어난 파이는 그 뜨거운 열을 견딘 결과, 결국 제맛을 내게 된 것이다.

그토록 뜨거운 열을 견디려면 얼마나 아플까. 얼마나 고통스러울까. 얼마나 힘들까. 그렇게 파이는 자신을 내어준다. 그리고 누군가를 기쁘게 해준다. 그렇게 세상에 왔다가 사라진다.

PIE SHELL

파이 셸 Pie Shell 2 개분량

2컵 two cup 밀가루

¼ tsp. salt 소금

1 TBS 흰설탕

¾ 컵 Butter 버터

1 개 egg 계란

1 teaspoon 식초 1 tsp.

3-4 TBS 얼음 냉수

1. 넓은 Bowl 밀가루와 소금, 설탕을
   묽게 곱게 곱은 버터를 걸거
   부수듯이 섞는다.
   Butter 콩알 사이즈로
   Egg one 계란 한개
   Vinegar 식초 one teaspoon
   Cold water 얼음 냉수 3-4 TBS.

🥧 APPLE PIE

Apple Pie 사과 파이

사과 5개 Cup

1 TBS Lemon juice 레몬

⅓ - ½ Cup Brown Sugar 황설탕

2 TBS 밀가루 Flour

¼ teaspoon 계피가루 Cinnemon

¼ tsp. 넛트매그

⅛ tsp. 소금 Salt

2 TBS 버터 Butter

170도에 호일 덮고 1시간

호일 벗기고 20분 굽는다.

무심코 먹었던 파이가 만들어지는 과정을 유심히 지켜보고 있으니,
'한 알의 밀알이 땅에 떨어져 죽어야 많은 열매를 맺는다'는
말씀이 새롭게 다가온다.

빚어지는 삶

파이나 머핀은 엄마의 손을 통해 아름답게 빚어진다. 누군가에게 감동을 주는 작품으로 이 세상에 새롭게 태어나는 것이다. 하지만 어쩌면 빚어지는 과정은 고단한 일 아닐까?

그만큼 요리사를 믿고 자신을 맡겨야 하기에, 모든 것을 내려놓아야 하고, 있는 힘을 모조리 빼야 되기 때문에 말이다. 게다가 파이로 거듭나기 위해서는 다시 몸을 불에 맡겨야 한다.

그렇게 내 삶을 주인의 손에 맡길 때 비로소 새로워질 수 있다. 그렇지 않으면 제대로 된 어떤 것도 만들어질 수 없고, 주인이 원하는 맛도 낼 수 없게 된다. 맛있는 파이나 빵이 이 세상에 나올 수 있는 것은 자신을 맡기기 때문이다.

PECAN PIE

Pecan Pie 피칸 파이
파이쉘 (굽지 않은것) one
계란 (3개) three
밤색 물엿 1컵 one Cup
황설탕 2 TBS. two TBS.
녹인 버터
바닐라 에센스 1 teaspoon
피칸 다진것 + ¾ Cup 컵 다지지
않은것 one Cup

1. 계란을 푼 후, 물엿과 설탕,
   버터 와 바닐라향을 넣어서
   잘 섞어준다

2. 다진 피칸을 1 번에 넣어 잘 섞는다

3. 피칸 속을 준비돤 파이 셀에다
   넣어 굽는다.

4. 파이쉘 꼬두부가 타지않게 개 호일로
   덮은 후 170도에 20분 굽고
   20~25분 더 굽는다.

우리의 삶도 그런 원리가 적용되는 것이 아닐까?
온몸을 던져서 비로소 새로워지는 삶.
힘을 빼면서 다시금 빚어지는 그런 삶.
그제야 비로소 누군가에게 다가갈 수 있고,
누군가에게 선물이 될 수 있는 삶.
그렇게 오늘을 살아야겠다고
다시금 스스로에게 다짐해본다.

브렌 머핀

브렌 머핀(bran muffin)은 엄마가 일하는 '블루밍 빈스'에서 제일 잘 나가는 '핫'한 인기 상품 중 하나다. 사이즈가 작아서 가격이 다른 상품보다는 상대적으로 저렴하다는 이유도 있겠지만, 설탕이나 버터가 비교적 적게 들어간 '건강식'이기 때문이 아닐까 싶다.

학교 아이들이 '주 고객'이다 보니, 이 세상 모든 엄마들이 그렇듯 맛과 함께 '건강'에 우선을 두려고 하는 것이다. 조금이라도 열량을 줄이고 건강에 좋은 먹거리를 제공하고 싶은 '엄마의 마음'을 살짝 엿볼 수 있다.

달콤한 간식을 먹고 싶은 아이의 바람과
건강한 음식을 먹이고 싶은 엄마의 마음이 만난 지점이
바로 브렌 머핀이다.
엄마의 파이 가게는 바로 이렇듯
모두에게 기쁨을 주기 때문에 특별하다.

엄마는 여왕?

엄마는 분리수거의 여왕이라고 해도 과언이 아니다. 더군다나 엄마는 재활용을 좋아하니 무엇 하나 낭비하는 경우가 없다. 엄마는 그만큼 자연과 환경을 위해 하루하루 몸부림을 치신다. 환경과 자연을 생각하며 사는 것은, 내 주변에 살아가는 사람들을 위한 작은 섬김의 몸짓 같은 것 아닐까?

길거리에서도 여기저기 버려진 쓰레기를 보는 경우는 많지만, 여간해서는 우리 눈에 잘 보이지 않는 바다 밑에 버려진 온갖 오물과 쓰레기에 관한 기사를 보면 심각하다 못해 경악할 수준이다.

물론 내 맘대로 버리는 것이 쉽고 편하지만, 불편해도 분리수거를 철저히 하는 것은 상대방을 배려해야만 가능한 일이다. 하지만 깊이 생각해보면, 단지 나의 이웃만을 위하는 것이 아니라 결국 나

자신에게도 유익이 된다.

  아무도 보지 않는다면 쓰레기를 여기저기 버리기 쉽다. 그런데 '아무도 보지 않을 때 우리는 어떤 사람인가?'라는 질문을 자신에게 해보면 어떨까?

  다른 사람뿐만 아니라 결국 나 자신을 위하는 길이니까 말이다.

분리수거는 배려다. 분리수거는 지혜다. 분리수거는 용기다.

분리수거는 환경 사랑이지만

그와 동시에 우리의 이웃 사랑이자 나라 사랑이다.

머핀이 구워져서 선반 위에 올려진다

머핀 하나하나가 선반 위에 올려지는 과정도 예술이다. 먹는 맛도 중요하지만 보는 맛도 무시할 수 없기 때문이다. 예쁘게 정돈된 모습으로 선반 위에 피라미드처럼 차곡차곡 머핀이 올려지면, 이제는 고객을 맞이할 준비가 끝난 것이다.

구워진 머핀이나 파이는 각자의 위치에서 자신을 은근히 뽐내는 것 같아 보이기도 한다. 거기에 조명까지 더해지면 정말 환상적이다. 그러니 손님의 손길을 유혹할 수밖에.

손님의 시선을 가장 잘 끌 수 있는 곳에서 그렇게 숨죽이며 기다린다. 자신을 데려갈 새로운 주인의 손길을. 손님이 자신의 손을 뻗어서, 아니면 손가락으로 가리키면서 자신이 원하는 녀석을 고르면 따라갈 뿐이다.

머핀은 날마다 그런 식으로 자신을 내어준다.

이처럼 나는 나를 선택한 분의 손길이

머무를 만한 준비를 하고 기다리고 있는가?

부담을 안 주려는 엄마

엄마는 사람들에게 부담 주는 것을 싫어하신다. 그래서인지 '도와달라'는 말을 거의 안 하시는 스타일이다. 아파도 아프다는 말이 없고, 힘들어도 힘들다는 표현을 안 하신다. 사람이라면 아플 법도 하고 힘들 법도 할 텐데, 나는 도무지 이해가 되질 않는다.

누구에게든 뭘 부탁하는 법도 없으니 '김영란' 법에 걸릴 일도 없다(웃음). 그냥 뭐든지 스스로 알아서 해결하는 타입이다. 고집스러울 정도로 말이다.

쓰레기가 보이면 알아서 쓰레기를 주우면 되고, 창문에 먼지가 끼어 있으면 알아서 유리를 닦으면 되고, 잡초가 보이면 알아서 뽑아버리면 되고, 차비가 없으면 걸어서 가면 되고, 이웃에게 돈이 필요하면 알아서 몇 푼 주면 되고, 엄마는 늘 이런 식이다.

이 작은 머리로 그런 엄마가 이해가 안 되는 경우도 한두 번이 아니었지만 그게 엄마가 살아온 방식인 걸 어쩌랴. 가끔은 차라리 부담을 주셔도 좋겠고 도와달라는 말씀을 하시면 더 좋겠는데, 아무래도 그것은 엄마 체질이 아닌가 보다.

달리 생각해보면 엄마가 도움을 요청하지 않아도 된다는 것이 다행인가 싶지만, 이제부터는 조금은 나에게 기대고 사셨으면 좋겠다.

불알친구 종호의 눈물

어릴 적 우리 집에 친구들이 놀러 올 때마다 엄마는 친구들을 한 번도 그냥 돌려보내신 적이 없으셨다. 최근에 약 30년 만에 만난 불알친구 종호는 그때의 추억을 되살리면서 눈물을 글썽이며 이야기 하나를 들려주었다.

자기 기억으로는 목욕도 거의 못 하고 지낸 까닭에 먼지와 땀에 찌들어 온몸은 더럽고 지저분했는데 그런 자신을 우리 엄마가 늘 두 팔 벌려 맞이해주셨다는 것이다.

맛있는 간식을 챙겨주시는 것은 물론이고, 우리 집에서 재워주신 적도 한두 번이 아니라는 것이었다. 더러운 자신을 깨끗한 담요 밑에서 재워주신 엄마가 너무나 고마웠다는 얘기를 해주면서 종호는 참고 있던 눈물을 흘리기 시작했다.

엄마가 30년 전 내 불알친구 종호에게 그러셨던 것처럼,
나도 누군가에게 눈물겨운 고마움과 소중한 추억으로
남는 사람이 되었으면 좋겠다.
그러려면 지금 만나는 모든 사람들을 귀하게 대접하고,
지금 살아가는 이 순간에 최선을
다해 살아야겠다는 다짐을 한다.

수원교도소의 최초 영어 교사

하루는 집에 교도소에서 간부가 찾아왔다. 당시 우리 집은 교도소에서 걸어서 10분 거리에 위치에 있었는데, 그 간부는 미국 사람이 가까이에 산다는 소문을 듣고 무작정 찾아온 것이다.

그 간부는 교도소에 있는 여자 재소자들 중에 영어에 관심이 있는 사람들이 꽤나 있는데, 학원에 갈 수도 없고 공부할 수 있는 방법이 없으니, 엄마가 교도소에 가서 영어를 가르쳐주면 좋겠다고 요청했다. 일주일에 한 번도 좋고, 한 달에 한 번도 좋으니, 꼭 도와달라고 간절히 부탁했다는 것이다.

엄마는 거절을 잘 못하는 성격에다가, 의미 있는 일이라고 여기셨는지 서슴 없이 승락을 하셨다. 그렇게 엄마는 '교도소의 영어교사'가 되신 것이다. 어쩌면 우리 나라 최초의 교도소 영어 교사

였는지도 모르겠다.

　내 기억에 엄마는 수년간 그 일을 지속하셨다. 그때 아직 어렸던 나는 엄마가 단지 영어를 가르치기 위해 교도소를 가시는 줄 알았다. 하지만 수십 년이 지난 이제 와서 생각해보니, 어쩌면 엄마는 영어를 가르치기보다는 소외된 이웃을 만나기 위해 가신 것이 아니었을까 싶다.

　영어를 가르친다는 것이 겉으로 드러난 '모티브'였는지는 모르겠지만, 엄마는 외롭고 쓸쓸한 그들과 눈을 맞추고 만나기 위해 그냥 그들을 찾아간 것 같다. 그리고 비록 한때의 잘못으로 교도소에 수감되어 있었지만, 새로운 기회와 미래가 저들에게 열리길 바라는 마음으로 저들을 위해 간절히 기도하셨을 것이다.

　지금도 신기한 일은 그렇게 엄마는 수원교도소의 여자 재소자들과 두 시간씩 수다를 떨다가 집으로 오시면 더욱 에너지가 넘치시는 것 같았다는 것이다.

　뭐가 그렇게 즐거우신지 그 이유가 너무 궁금한 나머지, 내가 어린 마음에 엄마를 조르면서 눈물로 매달렸던 기억이 생생하다.

　"나도 제발 교도소 좀 가게 해달라고."

　지금은 엄마가 왜 그토록 즐거워하셨는지 짐작할 수 있지만, 나도 엄마처럼 소외된 이웃과 함께할 마음이 철없을 적 교도소에 가고 싶다고 조를 때만큼 큰지 되돌아본다.

엄마는 영원한 선생님

엄마는 교육학을 전공하시기도 했지만, 타고난 성품 자체가 교사에 어울리는 기질과 성품을 가지고 계셨다. 영어를 가르쳐도 아이들의 눈높이에 맞게 때로는 노래로, 때로는 동화로, 때로는 그림이나 춤, 인형, 혹은 쿠키 굽기 등의 다양한 방법으로 가르치곤 하셨다. 그만큼 한 아이 한 아이가 최대한 집중할 수 있도록 끊임없이 다양하고 창의적인 방법을 찾으려고 노력하셨다.

무엇보다 엄마는 삶으로 가르치는 일에 언제나 본이 되어주셨다. 오늘날 우리 시대에 가장 필요한 교육은 바로 '삶으로 가르치는 모습'이라고 나는 믿는다.

삶으로 가르친다는 것은 그만큼 교실 안에서와 교실 밖에서의

균형과 조화가 요구되고, 부모로서는 집 안에서의 교육과 집 밖
에서의 교육이 병행될 때 비로소 자녀들의 삶에 진정한 '영양가'
가 있다.

파이 가게에서 묵묵히 파이와 과자를 굽는 엄마의 모습을 보면,
어떻게 삶으로 가르칠 수 있는지 그대로 느낄 수 있다.
나는 오늘도 엄마의 모습에서 삶의 지혜를 배운다.

하나같이 반대를 하고

엄마가 지금 학교를 처음 세울 때 적합한 부지를 소개받고 이런 저런 서류 준비를 할 무렵, 학교가 들어서게 될 동네 주민들이 하나같이 반대를 하고 항의를 하는 것이 아닌가?

엄마를 더욱 놀라게 한 것은 장애 아동들을 위한 교육을 실시한 다는 소문을 들은 주민들이 그 일을 환영하기는커녕 하나같이 '땅 값이 떨어진다'는 이유로 아우성이었다는 사실이다.

언제나 장애인이나 사회적 약자를 우선하는 미국식 사고방식을 가진 엄마로선, 예전에 그런 말을 한 번도 들어보신 적이 없었기에 너무나 당황스러워하셨다.

얼마 전 뉴스에서 장애인 학교 설립을 위해 학부모들이 지역 주민들에게 무릎을 꿇고 애원하는 모습을 본 적이 있다. 예전에 엄마가 느끼셨을 안타까움을 나도 절실히 느꼈다.

장애는 멀리 있는 것이 아니다.
장애는 신체적인 결함이나 정신적인 결함만이 아니다.
가장 큰 장애는 마음의 벽이다.
편견이나 이기심보다 더 큰 장애는 이 세상에 없다.

엄마의 무릎

엄마는 이야기쟁이였다. 어릴 적부터 우리에게 수많은 책을 읽어주기도 하셨지만, 당신이 직접 경험한 삶의 이야기들을 그때그때 들려주셨던 기억이 아직도 생생하다. 어쩌면 그것은 엄마의 교육 철학이 아니었는지 모르겠다.

엄마에게 어떤 대단한 커리큘럼이 있었던 것은 분명히 아니다. 하지만 엄마는 무엇보다 자신의 삶 속에 우리가 들어갈 수 있도록 자리를 마련해주셨다.

세상에서 가장 좋은 학교는 엄마의 무릎이다.

오늘부터라도 자녀를 무릎에 앉혀놓고 책을 읽어주거나,

부모의 어릴 적 이야기라도 들려줘보자.

만약 들려줄 이야기가 마땅치 않다면

아이의 이야기를 그냥 들어주는 것도 괜찮다.

가장 중요한 것은 아이와 서로 이야기를 '나누는' 것이므로.

엄마는 없다

이상하게 들릴지도 모르겠지만 엄마가 없다고 말하는 것은, 그만큼 엄마는 밑도 끝도 없이 자신을 내어주는 존재라고 생각하기 때문이다.

하지만 그렇게 다 내어주어 엄마가 존재감이 없다는 뜻은 결코 아니다. 오히려 그 반대에 더 가깝지 않을까 싶다. 모순적인 것 같지만, 자신을 한없이 비우는 까닭에 엄마란 존재는 더욱 빛이 나고 감동을 주는 것이다.

어느 나라를 가도 '엄마'라는 단어를 세상에서 가장 아름다운 단어로 손꼽는 이유도 여기에 있는 것 아닐까? 지칠 줄 모르는 자기 희생, 절제력, 양보, 이 모든 것은 이 땅 위의 엄마들이 갖고 있는 공통적인 모습이다.

그런데 우리 엄마도 그중에 하나다. 내가 보기엔 엄마란 존재는 없었던 것 같다. 있어도 자신을 드러내지 않고 항상 남을 위해 있는 존재. 그러니 엄마가 없다는 표현이 정확하지 않은가?

엄마는 없다. 옆을 봐도 없고, 위를 봐도 없고, 앞을 봐도 없고, 뒤를 봐도 엄마는 없다. 그런데 다시 말하면 엄마는 어디든 있다. 옆을 봐도 있고, 위를 봐도 있고, 앞을 봐도 있고, 뒤를 봐도 있고, 어디든 있다.

참으로 모순이다. 그런데 그 엄마가 생명이 되어 내게 다가온다. 엄마는 없는데 나에게 생명이 되니, 기이한 현상이다.

누가 나한테 그랬다. "엄마는 원래 주는 거야." 나는 이 말은 엄마는 주기 위해 이 세상에 존재하는 것이라고 이해했다. 실제로 엄마란 존재는 원래부터 '주는' 존재인 것처럼 보인다.

그렇다는 것을 알지만, 엄마도 사람인데 너무 기형적이지 않은가? 그렇게 일방적으로 희생만 하는 것은 너무 불행한 것 같고 불공평한 것 같다.

엄마가 일방적으로 '주기만' 하는 존재라면, 나는 '받기만' 하는 존재여도 괜찮다는 말인가? 원래 사람은 주고받는 재미로 살아야

하고, 그것이 자연의 '이치'일 텐데 말이다.

하지만 그런 나의 짧은 생각은 엄마들에게는 해당될 수 없는 '사치'인가 보다.

누가 뭐래도 엄마는 없다. 그래서인지 엄마는 있다.

보이지 않지만 없으면 우리가 살 수 없는 소중한 공기와 같이,

존재하지 않는 듯하지만 존재하는 엄마가

있음을 깨닫고 감사해야 하지 않을까?

엄마를 만나러 갈 때마다

나는 '엄마'는 당연히 내 곁에 있어야만 하는 존재라고 생각했고, 그것도 날 위해 언제나 대기하고 있어야만 한다고 생각해왔다. 적어도 엄마가 암으로 투병하기 전까지는 그랬다. 어릴 적부터 '엄마는 그렇게 일방적으로 나를 위해 존재한다'는 착각 속에 지금껏 살아온 것이다.

이제 그 '엄마'를 잠시 만나러 간다. 그런데 예전과는 다른 마음이다. 예전에는 엄마가 늘 내 곁에 있는 존재라고 생각했었지만, 요 근래에는 내 생각이 얼마나 짧았는가를 깨닫게 된다.

이제는 매번 엄마를 만나러 갈 때마다, 다음이 없는 마지막이 될 수도 있다는 생각을 하게 된다. 그것이 사람 사는 세상이니까….

물론 그렇다고 소망이 전혀 없는 것은 아니다.

천국의 소망이 없는 것도 아니다.

다만 날이 가면 갈수록 점점 더 연로해지시는

엄마의 모습에 가슴이 저리고 마음이 아프기만 하다.

침실

얼마 전까지만 해도 엄마 아빠는 같은 침대를 사용하셨다. 그래서 사실 현재 두 분의 방에 놓인 두 개의 '싱글 베드'는 아직도 낯설기만 하다. 엄마의 수술 이후로는 이렇게 따로 주무신다.

하지만 60년 동안 같이 살아왔어도 여전히 '각방'을 쓰지는 않으신다. 침대만 다를 뿐 나란히 옆에 주무시는 것이다. 각방을 쓰면 서로 편한 점도 있겠지만, 아빠는 엄마가 혹시라도 밤중에 도움이 필요한 상황이 발생할지도 몰라 이렇게 주무신다.

엄마 곁을 지켜주는 멋진 남편이다!

난 그 사실이 참 좋다. 다행스럽고 경이롭다.

그리고 경이로움을 넘어 따스함을 느낀다.

부부는 원래 그런 거니까.

하나님께서 서로에게 돕는 배필로 지어주셨으니까.

덤 웨이터

덤 웨이터(Dumb Waiter)는 사람이 아닌 물건을 운반하기 위한 간이 화물용 승강기 또는 리프트를 가리키는 말이다. 주로 레스토랑, 학교, 유치원, 병원, 도서관 등에 사용되는데, 개인 주택에 설치하는 경우 일반적으로 식판이나 음식 및 식기류 등을 운반하게 된다.

대부분의 산업용 덤 웨이터는 일반 승강기처럼 버튼이 전면부에 있지만, 엄마의 부엌에 있는 덤 웨이터는 수동이어서 문을 열면 보이는 밧줄을 위아래로 잡아당겨 물건을 운반한다.

영어를 직역하면 '바보 웨이터'라는 이름이 붙은 까닭은 진짜 웨이터나 사람이 아닌 웨이터이기 때문이다. 하지만 윗집과 아랫

집 사이로 음식물이나 그릇 등을 운반해야 하는 복층에 사는 경우라면 바보 웨이터치고는 편리하게 사용되는 경우가 적지 않다.

덤 웨이터 같은 사람이 되고 싶다. 바보라고 불릴지언정
다른 사람들에게 도움이 되는 삶을 살면 얼마나 좋을까?

감동적인 선물

엄마는 선물을 준비하는 것을 참 좋아하신다. 그래서 선물과 관련된 많은 이야기들이 있다. 그중에서 선물과 관련된 감동적인 실화 하나를 소개한다.

어느 날 엄마와 함께 학교에서 일하시던 한 선생님이 결혼을 하면서 선교사로 태국에 가게 되어 학교를 그만두게 되셨다. 엄마는 보통 함께 일하던 선생님들이 결혼해서 외국으로 (특히 선교사로) 나가게 될 경우, 다른 선생님들과 함께 식사를 하고, 조촐한 송별회를 마련해주곤 하셨다. 그리고 작은 격려의 선물과 함께 서로 삶을 나눈다.

사람들은 원장님(엄마)이 주신 선물이 궁금해 빨리 풀어보라고 모두들 한마디씩 옆에서 거들었다. 그 선생님은 선물을 풀어보다가 안의 내용물을 보고서는 그 자리에서 한참을 울었다.

"나, 이것 본 적 있어. 원장님이 끼시던 거야. 그런데, 이거 원장님 새끼손가락에 끼셨던 거야. 이 반지 맞는 사람 우리 중에 나밖에 없을 거야."

예쁘고 앙증맞은 것, 그리고 유독 반지와 같은 장신구에 관심이 많았던 선생님의 성품과 취향을 말없이 관찰하신 엄마께서 직접 오랜 시간 동안 끼고 있던 분신과 같은 반지를 선물하신 것이었다.

이 이야기를 들을 때마다 나에게 묻지 않을 수 없다.

나는 다른 사람에게 내가 가장 소중히 여기는 것을
흔쾌히 선물할 수 있는지 되돌아보게 된다.

엄마는 우렁이 각시

교사로 부임한 지 얼마 안 되던 류은희 선생님은 선배 교사로부터 다음과 같은 이야기를 들었다고 한다.

"언젠가 몸이 힘들어 빨아야 할 걸레들이 있었는데 다음 날 빨래할 마음으로 그대로 놓고 퇴근을 한 적이 있어. 그런데 다음 날 유치원에 가보니까 걸레가 깨끗하고 가지런히 건조대에 널려 있는 거야. 나중에 알았는데 원장 선생님께서 다해놓으신 거야."

그래서 류 선생님은 다시 물어보았다.

"그러고 나서 나중에 따로 불러서 정리하고 가라고 말씀하셨어요?"

"아니, 그냥 조용히 지나가셨어. 원장 선생님은 원래 그런 분

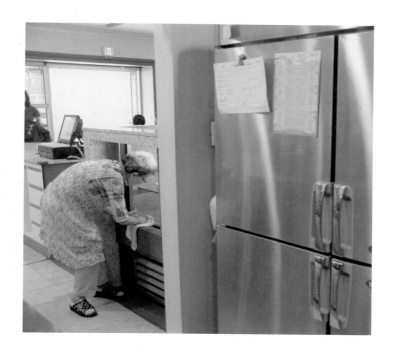

이셔."

　다른 사람들의 부족한 부분을 지적하거나 탓하지 않고 그 자리
를 조용히 메워주는 엄마에 대해 어떤 선생님들은 '우렁이 각시'라
는 별명으로 부르기도 한다. 다른 사람들을 위해 열심히 일하고 조
용히 사라지는, 그런 우렁이 각시.

갑질이 사회적 이슈가 되는 요즘,
남모르게 조용히 도움을 주는 엄마의 모습이 그립다.

집
(Home)

우리말로 집은 사람이 사는 건물이라는 뜻도 되고, 가정이라는 뜻도 된다.
건물보다 가족이 더 중요한 것을 새삼스레 말할 필요는 없지만 둘 다
가정의 행복을 위해서는 필수불가결하다. 그런데 집이랑 비교할 수 있는
곳은 세상 어디에도 없다는 말처럼 사랑이 넘치는 집이 되기 위해서는
가족의 헌신이 필요하다. 우리 집이 포근하고 행복한 이유는
모두 엄마의 헌신 때문이다.

그림

지금껏 내가 캔버스에 그림을 그린 기억은 딱 한 번밖에 없다. 그렇다고 제대로 그림 공부를 한 것도 아니니 그림다운 그림이라고 할 수도 없는 웃기는 그림이나 마찬가지다.

아내가 고등학교 미술 교사이다 보니 그저 집에 굴러다니는 작은 캔버스와 물감이 있어, 그냥 심심풀이로 창밖에 보이는 작은 마당을 그린 것이 전부였다.

더더욱이 그 그림을 솔직히 누구에게도 보여줄 마음조차 없었고, 전문가인 아내가 그림을 보는 눈이 날카롭기에 최대한 그림을 숨기고만 싶었다.

그런데 어느 날 그 그림이 집안 응접실 한복판에 걸려 있는 것 아닌가! 나는 완전 놀라서 부끄러움을 감출 수 없었고, 누구라도 보면 큰일 날 것만 같아 그 그림을 얼른 벽에서 떼어내리려고 했다.

그 순간 아내가 일러주길, 엄마가 좋아서 그림을 걸어 놓았다는 것이다. 그 말을 들으며 속으로 나는 생각했다. '이건 또 무슨 김밥 옆구리 터지는 소리지?' 하고 말이다.

곰곰히 생각해보니까 엄마가 보기에도 그 그림이 예술성이 뛰어난 작품이기에 벽 한가운데 걸어놓은 것이 아니다. 그냥 아들이 그렸다니까 그 그림을 좋게 보신 것뿐이다. 마치 유치원도 안 들어간 꼬맹이가 크레파스로 무슨 그림을 그리든, 작품성이나 예술성은 따지지도 않고 엄마 아빠가 사진을 찍어두고 자랑하듯이 말이다.

내가 램브랜트나 루오 같은 대가의 대열에는
근처에도 갈 수 없다는 사실을 잘 알지만,
엄마가 볼 때는 혹시 램브랜트나 루오 이상의
감동을 느끼는 것이 아닐까?

엄마 노래

어느 날 병든 엄마를 생각하며 노래 한 소절을 만들어보았다. 노래라기보다는 그냥 나의 마음인데, 나중에 읽어보니 쓰는 동안에는 깨닫지 못했던 간절함을 느낄 수 있었다.

따스한, 따스한 엄마의 마음.
외로움 몰아칠 때에.
눈물을 글썽케 하네.

따스한, 따스한 엄마의 손길.
오늘도 잊을 수 없어.
마음에 아른거리네.

따스한, 따스한 엄마의 말씀.
괴롬에 잠 못 이룰 때.
또다시 일으켜주네.

따스한, 따스한 엄마의 기도.
하루도 멈추지 않아.
오늘도 날 살게 하네.

따스한, 따스한 엄마의 숨결.
날마다 나를 부르니.
입가에 미소를 띠네.

House와 Home의 차이

'하우스(House)'가 말 그대로 집이라면 '홈(Home)'은 사람이 사는 곳을 가리킨다. 그래서 사람이 없으면 그냥 하우스다. 보통 하우스는 겉모양으로 평가하는데, 크냐 작으냐 안에 가구와 같은 살림살이가 얼마나 채워져 있느냐 등을 중요하게 여긴다.

그런데 홈은 차원이 다르고, 느낌도 다르다. 가족이 같이 살고 있는 공간이 바로 홈이다. 그곳이 크든 작든 화려하든 초라하든 전혀 상관없이, 홈은 말 그대로 가족이 함께 있어 홈이기 때문이다.

'No place like home'이란 말은 집이랑 비교할 수 있는 곳은 세상 어디에도 없다는 말이다. 아무리 고급스러운 호텔 방이나 경치 좋은 카페가 있을지라도 어떻게 집과 비교할 수 있겠는가?

하우스를 채우는 것은 이런저런 물건들이다.
하지만 홈을 만드는 것은 물건이 아닌 사람, 즉 가족이다.
그것은 값비싼 물건이나 가구와는 비교할 수 없는
가치가 있는 것이다.

아무리 집이 아름답고 화려해도
가족이 없다면, 그 아름다운 집이
무슨 가치가 있겠는가 말이다.
오늘 집으로 들어가면서
우리 집을 가치 있게 만드는 것은
무엇인지 되돌아보았다.

응접실

응접실은 대화의 장소다. 식탁에서 음식을 다 먹으면 자리를 이동할 때가 있는데, 그렇게 자리를 옮겨 차를 마시거나 다과를 먹는 곳을 보통 응접실이라고 부른다. 어쨌든 나는 적지 않은 시간을 여기서 보낸다.

게다가 엄마의 응접실엔 편한 소파가 있어서 낮잠을 자기도 좋다. 최근에도 아이들이 할머니를 보러 갔다가 응접실 소파에 곯아떨어지기도 했다.

특히 나에겐 엄마의 응접실은 겨울이 가장 좋다. 겨울에는 벽난로에 나무를 태워서 몸과 마음을 녹이는 장소가 되기 때문이다. 그래서 겨울이 되면 늘 그립다. 그 앞에 아이들과 쪼그려 앉아 있으면 기분이 참 좋다.

설명이 따로 필요없다.
그냥 좋다. 마냥 좋다.
이처럼 포근하고 편안한 장소가
세상 어디에 또 있을까?

램프

엄마는 밝은 조명은 싫어하시는 편이다. 눈이 부신 것도 싫고 너무 환한 것도 싫지만, 어쩌면 전기 낭비라고 여기시기 때문인지도 모르겠다. 반면에 아빠는 무조건 환한 걸 좋아하신다. 이처럼 모든 부부들은 왜 그렇게 다른지 모르겠다.

어쨌든, 엄마는 이른 새벽이든 잠들기 전이든, 작은 램프 하나만 켜놓는 것을 좋아하신다. 그런데 아기자기하고 세련된 램프와 그 조명이 주는 아늑함도 특별한 것 같다. 요즘 유행하는 LED의 밝기와는 비교할 수 없지만, 그 속에서 느껴지는 따스함이 있기 때문이다.

사람도 마찬가지 아닐까?
한낮의 햇살 같은 화사함은 청춘과 함께 사라질지 몰라도,
해질 녘 그윽하고 포근한 느낌은
미소를 띤 주름살에서만 느낄 수 있는 것일 테니까.

하트 모양 액자

흔히 '사랑장'이라고도 불리는 〈고린도전서〉 13장이 적힌 액자를 누가 엄마에게 선물해준 모양이다. 노래로 불려 잘 알려진 내용은 단순한 것 같지만, 실천에 옮기기란 그리 단순하지 않다.

그럼에도 불구하고 워낙 좋은 내용이라 교회에서 혹은 결혼식에서 읽히는 경우가 흔한데, 가장 먼저 실천되어야 될 곳은 바로 가정이라고 생각한다. 사랑이 없는 가정은 생각만 해도 아찔하다.

그래서일까? 엄마는 이 액자를 집 안에서 잘 보이는 곳에 걸어놓으셨다. 누구나 읽을 수 있게끔 말이다. 아마도 그대로 실천할 수 있는 용기를 달라고 기도하시는 것 같다.

사랑은 폼으로 하는 것도 아니고,

머리로 하는 것도 아니고, 몸으로 하는 것 아닌가?

사랑은 오래 참고, 사랑은 온유하며, 시기하지 아니하며…,

이 말을 몸으로 실천하기 위해 속으로 다시 읽어본다.

엄마의 뱀 사냥!

어릴 적 살던 인계동 우리 집 주위엔 뱀이 많았다. 그런데 우리 집에 나타난 뱀들은 어찌 보면 운이 아주 나빴다. 왜냐하면 엄마는 뱀 잡는 일에는 둘째라면 서러울 정도로 전문가였기 때문이다.

엄마도 처음에는 뱀을 겁내셨다고 한다. 처음에는 놓치는 일도 많았지만 오랜 연습 끝에 마침내 뱀이 나타나기만 하면 엄마는 한 방에 처치하는 '기술'을 터득하셨고, 그렇게 죽인 뱀은 수십 마리가 넘는다고 한다.

세상 모든 엄마들에게는 자녀들을 위해서라면 언제라도 자신을 희생할 수 있는 숨은 의지가 있는 것 같다.

아마도 이러한 엄마들의 모습 때문에 "여자는 약하나 엄마는 강하다"라는 말이 생겨난 것이 아닐까?

세상의 모든 엄마는 정말 위대하다.

Home is where the mom is!

우리 형수님이 엄마를 위해 직접 만든 접시 중에 "Home is where the mom is!"라는 문구가 적힌 접시가 있다. "가정이란 엄마가 있는 그곳!"이라는 말인데, 이 말처럼 엄마의 역할을 적절하게 짚어주는 말은 없다고 생각한다.

사실 누군가를 위해 자리를 지킨다는 것은 쉽지 않은 일이다. 왜냐하면 그만큼 '나'를 내려놓고 양보해야 하기 때문이다. 그런 의미에서 '엄마만의 공간' 혹은 '엄마만의 시간'은 존재하지 않는 것도 사실이다.

어렸을 때는 몰랐지만 어른이 되고 부모가 되면서부터 엄마의 자리에 대해서 새삼스럽게 생각하게 되었다.

아무리 생각해도 가정은 엄마 그 자체인 것 같다.

엄마, 제발 학교에 오지 마!

철없는 자녀들이 부모의 마음에 상처를 안겨주는 경우는 셀 수 없이 많다. 우리 삼 남매는 혼혈아로 태어나 학교를 다닐 때 생김새 때문에 많은 놀림거리가 되었다. 특히 형은 셋 중에서 가장 이국적으로 생겨서 더 자주 놀림의 대상이 되었다.

특히 미국인 엄마가 학교에 오는 것이 부담스럽고 부끄러운 까닭에 형이 엄마에게 무심코 던진 말 중에 "엄마, 제발 학교에 오지 마!"라는 말이 가장 상처가 되었을 것이다.

그 말을 들었을 당시 엄마의 심정이 과연 어땠을지 상상하기조차 어렵다. 어쩌면 그 말을 한 당사자는 형이었지만 누나나 나 역시 표현만 안 했을 뿐, 평소에 똑같은 생각을 하거나 심지어는 똑같은 말을 하려던 적이 여러 차례 있었다.

한국에서 생활하는 외국인들에게 많은 인내와 용기가 요구되는 것은 두 말하면 잔소리다. 그래도 기쁜 마음으로 한국 생활에 전념하신 엄마가 얼마나 감사한지 모른다.

우리가 엄마를 몰라주고, 무시하고, 상처를 주어도 모든 것을 참고 받아주는 엄마, 그 사랑에 오늘도 고개 숙인다.

엄마에게 보내는 편지

아래 글은 엄마가 몇 해 전에 '저소염증'으로 의식을 잃은 채 중환자실에 계실 때 쓴 글이다. 엄마가 침상에서 일어나길 소원하며 울부짖는 마음으로 쓰게 된 막내의 사랑 편지랄까? 그저 처절하고 간절한 마음으로 일기 쓰듯 쓴 글이었다.

물론 읽으실 수 없다는 것은 알고 있었지만 그냥 내 마음속에서 글이 나왔다. 그 마음을 엄마에게 전달하고 싶었던 것일까? 돌이켜보면 그 편지는 나만의 신음이었고 기도였다. 그 기도가 응답된 셈이다. 그래서 나는 여전히 기도의 힘을 믿는다.

왜?

엄마는 왜 아파도 아프단 말을 안 하시나요?

왜 참고 침묵하시나요?

아빠가 그러는데 엄마가 또 밤새도록 몸이 불편해

뒤척이셨답니다.

아빠는 "괜찮으냐고?" 물어보셨다죠?

그럴 때마다 엄마의 대답은 늘 동일하죠. 아무 이상 없다고.

불을 켜실 필요도 없다고 하셨다죠?

그러곤 아빠한테 "다시 주무시라고", 엄마는 괜찮으니까.

하지만 그때 엄마는 병원에 가셨어야만 했어요.

결국 조금 뒤에 아론이(조카)의 등에 업혀 계단을 내려와

차에 타고 응급실로 향하셨죠.

전에도 이런 일이 있었잖아요?

한밤중이었지만, 누군가는 그래도 엄마를 모시고

급히 병원에 갔어야만 했어요.

하지만 엄마는 남에게 피해주길 싫어하죠?

아빠에게 짐이 되길 싫어하시죠?

아빠를 깨우고 싶어하지 않으시죠?

아래층 식구들도 귀찮게 하고 싶지 않으시죠?

누가 깰까 봐 항상 걱정하시죠?

아파도 아프단 말을 안 하시죠?

제가 엄마를 너무나 잘 알죠?

아빠가 이제 준비하래요

아빠가 이제 준비하래요.

엄마의 죽음을 준비하라는데 전 준비가 안 되어 있어요.

저는 아예 준비를 못 할 것 같아요.

어떻게 준비를 할 수 있죠?

그게 말이 되나요?

물론 아빠의 마음은 알겠어요.

하지만 처음엔 너무 부정적인 반응이라고 생각했어요.

너무 이기적이라고 생각했지요.

아니, 악의적이라고 생각했어요.

하지만 이해는 해요.

아빠는 엄마가 더 고통받길 원치 않으신다는 걸.

아빠는 엄마가 더 괴로워하는 걸 보기 싫으신 거죠.

그래서 집으로 가시길 원하시는 것 같아요.

우리 모두의 집으로 말이죠.

우리의 고향 집으로요.

그래도 저는 여전히 준비를 할 수 없어요.

도저히 준비를 못하겠어요.

아마 앞으로도 마찬가지일 테고요.

그러니 우리 가까이에 남아주세요.

제발 떠나지 말아주세요.

우리와 같이 계셔주세요. 제발 부탁드려요.

아직 때가 아니라니까요

이렇게 떠나시면 안 돼요, 엄마.

이렇게는 안 된다고요.

저는 알거든요, 아직 때가 아님을.

우린 작별 인사도 안 했어요.

제대로 된 허그도 못 했는 걸요.

그러니 잊어버리지 마세요.

지금은 때가 아니라는 걸.

하나님도 나에게 전달해주지 않으셨어요.

때가 되면 알려주실 텐데 말이죠.

때가 되면 귀띔이라도 해주실 텐데 말이에요.

그렇지만 아직 그렇게 안 하셨다니까요.

아직은요.

그러니 아직은 때가 아닌 거라는 게 확실해요.

잊으시면 안 돼요.

일어나세요

엄마의 다리가 이렇게 약해졌다는 사실이 믿기질 않아요.

단단한 엄마의 두 다리.

강철 같았던 그 다리가 말입니다.

엄마는 장사잖아요.

엄마만큼 오랜 세월 씩씩하게 걸으신 사람도 없을 텐데 말이죠.

엄마만큼 온종일 서서 일할 수 있는 사람도 많지 않을 텐데

말이에요.

그런데 이젠 어째서 그 다리가 그렇게 약해졌나요.

조카 아론이가 최근에 엄마를 업고 2층에서 내려와야만 됐었죠?

엄마, 기운 좀 차리세요.

제발 좀 일어나 봐요.

엄마는 할 수 있다는 걸 저는 알거든요.

정말 할 수 있거든요.

엄마의 두 다리는 강철 같으니까요.

전 알거든요.

나보다 더 먼 거리를 걸으실 수 있다는 것도.

나보다 더 오랫동안 서 계실 수 있다는 것도.

그러니, 제발 일어나 보세요.

지금 일어나세요.

얼른 일어나세요.

요바 린다 산책 길

같이 산책하던 때가 기억에 남아요.

엄마랑 같이 걸었던 시간들 말이죠.

요바 린다의 느릿한 산책 길.

깨끗하고 맑은 공기.

바닷바람까지 살짝 느낄 수 있는 산책 길.

느리고 여유 있는 우리 둘의 산책 길.

다시금 그렇게 걸으면서 이야길 할 수 있다면 좋겠어요.

걸으면서 엄마의 손을 잡을 수 있다면 좋겠고요.

걸으면서 엄마의 말을 들을 수 있다면 좋겠어요.

아이들 이야길 하며, 날씨 이야길 하며, 가족, 친구들,

그리고 삶에 대한 이야기들.

그때의 그 느리고 여유 있는 걸음들이 그리워요.

찬찬히 걸을 수 있었던 그날들이 그리워요.

엄마랑 같이 걸을 수 있었던 그 시간들.

세트랜드 길목을, 스티펄체이스 길목을, 캐러건 마을

한 바퀴를 말이에요.

마치 우리가 마을의 주인인 듯이 말이죠.

그때의 그 산책이 그립네요.

엄마와의 그 산책이.

에필로그

이 세상에 완전한 사람은 없다. 내가 사랑하는 엄마도 결코 완전하지 않다는 것을 본인 스스로도 인정하실 분이라고 생각한다. 때로는 엄마가 천사처럼 느껴지는 순간도 분명히 있는 것이 사실이지만, 동시에 엄마는 지극히 인간적인 모습을 지닌 분이기도 하다.

내가 엄마로부터 상처받은 일은 거의 없지만 한 가지 기억에 남는 사건(?)이 있다면 일종의 화풀이로 우리를 '병신'이라고 부르신 일이다. 어쩌면 그 당시만 해도 엄마가 아는 우리말 단어가 지극히 제한적이었기 때문인지도 모르겠다.

이제와 내가 깨닫게 된 사실 중에 하나는 엄마 역시 완전한 존재가 아니며, 엄마 역시 '공사 중'이었다는 것이다. 그렇다. '엄마는 공사 중'이었다. 엄마도 그 사실을 누구보다 먼저 시인하시겠지만, 엄마 역시 완전하지 않다는 것은 오히려 나에게 좋은 교훈

이 되었다.

　아직도 여전히 '공사 중'인 나로 인하여 본의 아니게 상처받았을
지도 모를 내 주변의 모든 사람들에게 미리 용서를 구한다.

내가 '공사 중'인 내 엄마를 받아들였듯이
여러분들도 '공사 중'인 나의 허물을
너그럽게 받아주시길.

• 일러두기

　사진 중 일부는 가족으로부터 제공받았습니다.

무한한 기쁨을 주는 인생 레시피

파이 굽는 엄마

초판 1쇄 발행 _ 2018년 11월 5일
초판 3쇄 발행 _ 2018년 12월 25일

글 _ 김요한
사진 _ 유재호

펴낸곳 _ 바이북스
펴낸이 _ 윤옥초
책임편집 _ 김태윤
책임디자인 _ 이민영

ISBN _ 979-11-5877-065-5　03810

등록 _ 2005. 7. 12 | 제 313-2005-000148호

서울시 영등포구 선유로49길 23 아이에스비즈타워2차 1005호
편집 02)333-0812 | **마케팅** 02)333-9918 | **팩스** 02)333-9960
이메일 postmaster@bybooks.co.kr
홈페이지 www.bybooks.co.kr

책값은 뒤표지에 있습니다.

책으로 아름다운 세상을 만듭니다. ─ 바이북스